AF177575

Über den Autor

Dr. Andreas Hülshoff (geboren 1971) arbeitet als Lehrer an einer Gesamtschule. Er ist Autor mehrerer erziehungswissenschaftlicher Fachbücher. „Kiwi-Desaster" ist seine erste nicht-wissenschaftliche Publikation. Als seine Schüler im Deutschunterricht Kurzgeschichten schreiben sollten, es war kurz vor Weihnachten, entflammte ihre literarische Leidenschaft nur mäßig. Hülshoff begann, selber Kurzgeschichten zu schreiben. Seither hat er immer wieder Geschichten im Kopf, die er aufschreiben möchte, bevor sie aus dem Gedächtnis verschwinden.

Andreas Hülshoff

Kiwi-Desaster

100 wahre Kurzgeschichten

www.tredition.de

© 2020 Andreas Hülshoff
Umschlag, Illustration: Adobe Stock 224059671

Verlag & Druck: tredition GmbH,
Halenreie 40-44
22359 Hamburg

ISBN
Paperback   978-3-7497-1933-4
Hardcover   978-3-7497-1934-1
e-Book   978-3-7497-1935-8

Das Werk, einschließlich seiner Teile, ist urheberrecht-
lich geschützt. Jede Verwertung ist ohne Zustimmung
des Verlages und des Autors unzulässig. Dies gilt insbesondere für die elektronische oder sonstige Vervielfälti-
gung, Übersetzung, Verbreitung und öffentliche Zugäng-
lichmachung.

Zum Schutz der Persönlichkeitsrechte der beschriebenen Personen sind alle Orte und Namen geändert.

Inhalt

Skurriles im Alltag

Geschichten

„Doch", sagte ich nach einigem Zögern, „mir fällt doch eine Geschichte ein." Ich war aufgehalten worden und verspätet in den Deutschunterricht geplatzt. Hier unterrichteten wir wie üblich im Team. Ich kam also deutlich verspätet, und Kollege Berger saß mit den Schülern im Stuhlkreis – etwas, das man in der achten Klasse nur noch selten macht. Einer nach dem anderen hatte eine mehr oder weniger spannende Geschichte erzählt. Damit sollte in das Thema „Kurzgeschichten" eingestimmt werden. Ob Herr Hülshoff denn auch eine Geschichte erzählen könne, wollten die Schüler wissen. Ich war mit den Gedanken noch bei den Problemen meines vorherigen Schülers. Darum hatte ich Schwierigkeiten, mich auf ein möglichst spannendes Erlebnis zu konzentrieren. Zuerst hatte ich verneint, bis mir eine Geschichte mit einem Segelboot einfiel, das mit gesetzten Segeln im Kreisverkehr stand. In einem Kreisverkehr für Autos, wohlgemerkt. Dass die Schüler gebannt zuhören, hat man in diesem Jahrgang nicht unbedingt jeden Tag. Der unerwartete Publikumserfolg weckte in mir das unbestimmte Gefühl, dass die Geschichte doch irgendwie gelungen sei.

Nachts wachte ich auf. Ich hatte gerade meine besten Ideen und vier Geschichten gleichzeitig im Kopf. Ich wollte die Geschichten nicht verlieren. Daher versuchte ich erst gar nicht einzuschlafen. Ich würde nie einschlafen. Es sei denn, ich hätte die vier Kurzgeschichten aufgeschrieben. Also schaltete ich den Computer an und begann zu tippen – bis zum frühen Morgen.

Löwenausflug

Die beiden jungen Löwen waren der ganze Stolz des Zoos – ja sogar der Stolz der gesamten Stadt. Junge Familien strömten erwartungsvoll und fröhlich zu den Kassenhäuschen. Es bildeten sich schon Schlangen.

Der Tierpfleger schleppte rohes Fleisch in Eimern. Die beiden jungen Löwen mussten einen Mordshunger haben an diesem frühen Morgen. Er dachte an die beiden alten Löwen, die kurz nacheinander verstorben waren. Sie hatten sich schon in jungen Jahren mit ihrer Gefangenschaft abgefunden. Er dachte an den Pekinger Zoo, der ein kleines Vermögen für die beiden jungen Löwen erhalten hatte. An die chinesischen Kollegen, die gemeinsam mit den beiden Löwen die Reise in einem Frachtflugzeug angetreten hatten. Und an die Kinder, die freudig darauf warteten, dass der Zoo endlich seine Pforten öffnete. Es war ein naturnah gestaltetes Gehege. Auch darauf war man stolz. Keine Gitterstäbe versperrten den Blick auf die edlen Tiere. Ein Wassergraben und eine steile Böschung trennten die Besucher von den gefährlichen Raubtieren. Bald würden die Löwen eine stattliche Mähne tragen und umso mehr Ehrfurcht einflößen. Bis jetzt waren sie Halbwüchsige – fast noch Kinder.

Das Gehege war ebenso leer wie der Unterschlupf. Die Tiere konnten sich frei bewegen. Aber diese Freiheit war ein wenig zu viel des Guten. Die Löwen waren entkommen. Der ganze Zoo war alarmiert. Die jungen Familien zogen erst zögerlich von den Kassenhäuschen ab und dann im Laufschritt. Nach zwei Stunden hatte der Tierarzt einen Löwen mit einem Betäubungsmittel beschossen – und getroffen. Gefährlich war es trotzdem gewesen. Noch während der Tierarzt sein Luftgewehr nachlud, entkam der zweite junge Löwe in Richtung Innenstadt. Die Polizisten liefen aufgeregt aus ihren Verstecken. Zwei Hundertschaften wählten hektisch ihre Waffen. Und begaben sich auf Löwenjagd. In der Innenstadt.

Die Geschäfte sollten vorübergehend geschlossen bleiben. „Hoffentlich haben es alle mitbekommen", dachte der Zoodirektor ängstlich, „und hoffentlich halten sich alle daran!" Ein Redakteur der Volkszeitung meldete sich. „Herr Professor, wie erklären Sie sich das?", fragte er den Zoodirektor. „Wie konnte das passieren? Wie ich hörte, gibt es dieses naturnahe Löwengehege schon seit sehr langer Zeit. Hat es wirklich niemals Zwischenfälle gegeben?" „Schon seit Jahrzehnten!", stimmte der Zoodirektor zu. „Die Löwen, die wir vorher hatten, waren schon sehr…" Er zögerte. Sein Gesicht färbte sich erst rot, dann weiß. In der Ferne hörte man Pistolenschüsse. Dann sprach er den Satz zu Ende: „…sehr alt."

Einarmiger Trompeter

Horst hatte seine Trompete im Übungsraum liegen gelassen. Im Posaunenchor der Kirchengemeinde waren er und sein Bruder Franz-Josef unter den besten. Sie bliesen leidenschaftlich gern. Und gut. Nun hatten sie eine Probe gehabt, und Horst war als erster verschwunden. Normalerweise hätte er – wie alle – seine Trompete mitgenommen. Zwar war sie im Gemeindehaus gut aufgehoben. Die Trompete gehörte eigentlich der Kirchengemeinde. Sie war im Gemeindehaus also richtig. In den 60er Jahren hatte kaum jemand ein eigenes Instrument. Aber wie hätte Horst zu Hause seine Noten üben sollen, wenn die Trompete im Gemeindehaus läge? Natürlich nahmen alle ihre Instrumente mit nach Hause. Die Kameraden konnten sich keinen Reim daraus machen. Auch Franz-Josef nicht.

Horst war nicht nur leidenschaftlicher Bläser im Posaunenchor. Mit der Schreinerei, in der er als Geselle arbeitete, hatte er es gut getroffen. Der Betrieb florierte. Der Meister, sein Chef, ein Pfundskerl. Jemand, zu dem Horst Vertrauen hatte, und den er schätzte. In den letzten Wochen hatte es Unruhe gegeben. Man munkelte, die Frau des Meisters gehe fremd.

Nachts kam Horst über einen Feldweg zurück in die Stadt gelaufen. Doch er war nicht vollständig. Dort, wo bei der Posaunenchorprobe noch sein rechter Arm gewesen war, eine klaffende blutende Wunde. Doch dafür, dass sein Arm abgetrennt war, blutete die Wunde erstaunlich wenig. Man erinnerte sich an den Krieg. Man sagte, dass sich die Blutgefäße von selbst aufrollten. Und so die Wunde verschließen konnten. Horst war nicht verblutet. Sondern er lief aus eigener Kraft nach Hause. „Ich fühlte mich schuldig", erklärte er das Geschehen. „Meine Geliebte – ihr Mann – mein Chef – ich wusste keinen Ausweg." Sein Selbstmordversuch war gescheitert. Der Zug, der ihn überrollte, hatte nur den Arm abgetrennt. Oder Horst hatte, als er auf den Gleisen lag, in letzter Sekunde seine Meinung geändert. Das Ergebnis war eindeutig: Horst lebte, mit nur noch einem Arm.

Er schöpfte neuen Mut und blies wieder Trompete. Er lernte, mit nur einem Arm zu spielen. Das war durchaus schwieriger, als man sich gemeinhin vorstellt. Wenige Jahre später unternahm er einen weiteren Selbstmordversuch. Er gelang.

Renovierungsarbeiten

Onkel Heinrich hatte seine Meisterprüfung bestanden – und gleich ein kleines Haus gekauft. Er und seine Frau würden darin wohnen. Viel Geld hatten sie nicht. Es hatte gerade so gereicht. Noch lief keine Heizung im Haus, und das im bitteren Winter. Die Renovierung musste trotzdem erledigt werden, um im Haus wohnen zu können. Mit den letzten Pfennigen, die Heinrich noch hatte.

Auf Heinrichs Freunde war immer Verlass. Sie hatten sich als ehrenamtliche Jugendleiter kennengelernt. Sie hatten schon viele Pfadfinderurlaube gemeinsam erlebt: Zuerst als jugendliche Teilnehmer. Als sie etwas erfahren waren, hatte man ihnen immer mehr Verantwortung übertragen. Nun waren alle erwachsen und hatten gemeinsam die Leitung übernommen. Wenn es so etwas wie ein eingespieltes Team gab – sie waren es. Die Freunde rückten an. Sie klebten Tapeten. Dem Frost und der Kälte zum Trotz. Es ging besser als gedacht. Man musste sich nur warm anziehen. Die folgende Woche sollte es endlich Tauwetter geben.

Gab es auch. Da fielen die Tapeten von den Decken und Wänden. Sie waren wohl nur angefroren gewesen und nicht geklebt. Es war ein wenig mehr Kleister vonnöten, um die Tapeten auch bei Tauwetter an den Wänden zu halten. Das hatten sie inzwischen gelernt. Nun sollten der Kleister und die Farbe trocknen. Aber wie sollte das gehen? Die Heizung lief noch immer nicht. Eine große Petroleum-Lampe spendete mehr Wärme als Licht. Viel Petroleum war nicht mehr vorhanden. Die Lampe sollte über Nacht voll aufgedreht bleiben. So würde die Bude warm bleiben. Und hoffentlich schnell trocknen. Am nächsten Morgen sollte weiter gearbeitet und eingeräumt werden.

Das Petroleum hatte nicht gereicht. Am nächsten Morgen war die Lampe aus. Doch wie sahen jetzt die Tapeten aus? Die Freunde sahen sich um. Als der Brennstoff zu Neige gegangen war, hatte die Flamme stark gerußt. Der Ruß hing in langen schwarzen Flocken und Fäden. An der Decke.

Schrankkoffer

Der Zug fuhr in den Hauptbahnhof ein. Ich ging schon mal durch den Gang in Richtung Tür. „Entschuldigen Sie", sagte eine Frau mit polnischem Akzent, „würden Sie bitte helfen mit mein Koffer?" Natürlich würde ich das. Gerade zwanzig Jahre alt, war ich auf dem Weg, mir eine Stadt anzusehen. Dort würde ich in wenigen Monaten mein Studium beginnen. Ich hatte keine Termine. Wollte mir nur einen Eindruck verschaffen. Bange Vorfreude auf die viele Arbeit, die vor mir lag. Die Stadt sollte sehr schön sein.

Es gab keinen Grund, die höflich vorgetragene Bitte abzulehnen. Keinen vernünftigen Grund. Das wäre auch grob unhöflich gewesen. Ich hatte nur einen Rucksack dabei. Die höfliche polnische Frau war zwar noch keine Oma. Aber der Koffer war groß. Er ging höher als mein Bauchnabel. Eigentlich waren es zweieinhalb Koffer, die man hochkant übereinander gestapelt hatte. „Schrankkoffer" nennt man so etwas wohl. Einen solchen Koffer hatte ich noch nie gesehen.

Ich zog am Griff, was nicht so einfach war. Es war mehr ein Drücken. Ich war zwar nicht klein, aber dem Schrankkoffer nicht ganz gewachsen. Der Koffer bewegte sich nicht. Nun zog ich mit beiden Armen am Griff. Die Blöße wollte ich mir nicht geben. Den Koffer nicht tragen zu können. Der Rücken schmerzte zwar, aber mit allen Kräften würde ich die Tür erreichen. Langsam. Der Koffer war unglaublich schwer. Ein Kraftsportler war ich nicht. Sonst hätte ich mich über die Herausforderung gefreut. Aber schwach nun auch wieder nicht.

„Nein, danke! Ihr Koffer ist so schwer. Den tragen Sie doch lieber selber!" Ich wurde wütend. Malte mir aus, wie ich die Frau mit ihrer Gewichtheber-Trainingsausrüstung mitten im Gang stehen lassen würde. Einfach weggehen. Sollte sie doch sehen, wo sie bleibt. Selber schuld! Wie konnte man nur so viel in einen Koffer packen?

Vielleicht wanderte sie ein, siedelte aus, suchte Arbeit oder hatte einen anderen guten Grund. All ihr Gepäck musste irgendwie mit. Ich riss mich zusammen. Hob den Koffer mit letzten Kräften in Richtung Treppe. Die Treppen im Zug waren damals noch richtig steil. Ich fiel mehr die Treppe herunter, als dass ich gegangen wäre. Ein stechender Schmerz im Rücken. Die Frau war zufrieden. Mein Rücken schmerzte weiter. Ich humpelte zur Treppe. Den

Bahnsteig hinunter. „Vielen Dank!", sagte die Frau mit dem Schrankkoffer.

Als Frau

Eine aus Dresden stammende Freundin fühlte sich unwohl auf westdeutschen Bahnhöfen. „Ich möchte nichts Ungerechtes über Ausländer sagen", meinte sie, „aber sie machen mir irgendwie Angst. Wenn ich am Duisburger Hauptbahnhof im Dunkeln stehe, ist es bestimmt nicht ungefährlich. Besonders als Frau."

In Dresden hatte auch eine junge Ärztin gearbeitet, bevor sie im Ruhrgebiet eine Facharztausbildung begann. Sie stammte aus dem arabischen Raum. „In Dresden war es oft unangenehm", sagte sie, „wegen den ganzen Radikalen. Man konnte nachts nicht alleine durch die Stadt gehen. Besonders als Frau."

Neuer Nachbar

„Herr Hülshoff, auf Sie kommen unruhige Zeiten zu!", sagte meine Vermieterin. „Wir bauen die anderen Wohnungen um. Die mittlere und die rechte im zweiten Stock. Aus zwei kleinen Wohnungen wird eine große." In größeren Wohnungen blieben die Mieter länger. Da hätte man weniger Leerstand. Sie hätten extra noch gewartet und die mittlere Wohnung leer stehen lassen. Herr Johann hatte sein Medizinstudium noch nicht fertig. „Den wollten wir doch nicht rausschmeißen. Jetzt hat er sein Examen gemacht und ist ausgezogen."

Im nächsten halben Jahr waren „Klinge und Meier – die Altbausanierer" meine Nachbarn. Ein Bohren, ein Hämmern, ein Abbrechen. Schutt wurde hinaus- und die neuen Armaturen hereingebracht. Eine große und moderne Wohnung in einem ehrwürdigen Altbau. Ich war ein bisschen neidisch auf die, die dort einziehen würden. Ein Teil des Dachgiebels wurde abrasiert. Er verwandelte sich in eine Dachterrasse. „Schade", dachte ich, „alle anderen Wohnungen haben Balkone oder Dachterrassen. Ich bin der Einzige, der keine hat."

„Da kann man schon was machen", meinte Herr Fuchs, mein neuer Nachbar. „Ich bin Architekt und könnte die Eigentümer beraten." Er schilderte mir grob die Vorstellung von einem Balkon, der auf Stelzen steht. Der vereinbar wäre mit der Statik des Hauses. Wir unterhielten uns über das Motorrad seiner Frau, das in der Garage stand. Mein Auto, das eine andere Garage brauchte, weil es zu groß war. Seine Arbeit bei der Stadtverwaltung. Meine Hobbies. „Das ist aber interessant. Darüber würde ich gern mehr erfahren. Nur leider habe ich es heute ziemlich eilig. Vielleicht nächste Woche?" Ein angenehmer Mensch. Schön, wieder einen „richtigen" Nachbarn zu haben.

Eine Woche später stand wieder ein Transporter im Hof. So wie beim Einzug. Herr Fuchs trug Möbel nach unten. Nach unten? „Waren Sie noch nicht fertig mit dem Einzug, Herr Fuchs? Ziehen Sie ein oder ziehen Sie aus?" „Aus. Ich ziehe aus", sagte Herr Fuchs. „Marianne und ich, wir trennen uns." „Das ist aber schade. Warum denn?" „Es wurde immer dringender und unausweichlicher. Es geht nicht anders."

Windstärken

„Hier ist Sturm!" So pflegte sich der alte Herr Sturm am Telefon zu melden. Er sprach die drei Worte langsam und bedächtig. Es klang ernst und bedeutungsschwer.

„Hier ist Windstille!", antwortete ein Anrufer.

Hotel im Schnee

Es hatte schon lange nicht mehr geschneit. Am Sonntagnachmittag gab es dicke Flocken. Ich freute mich. Das sah so schön aus. Da fiel mir ein, dass ich noch dreihundert Kilometer vor mir hatte und am nächsten Morgen um viertel vor sechs der Wecker klingeln würde.

Ich fuhr gern durch den Schnee und war anfangs einer der schnellsten Fahrer auf der Autobahn. Der Stau wurde immer dichter. Ich hatte zwar von Räumarbeiten auf der A2 gehört. Aber dass sie acht Stunden dauern würden, damit hatte ich nicht gerechnet. Nach vier Stunden erreichte ich eine Abfahrt. Ein VW-Bulli stand kurz vor der Abfahrt auf dem Seitenstreifen. Der Fahrer zog Schneeketten auf. Jetzt, wo er die Abfahrt doch schon erreicht hatte. Das verstand ich nicht. Später schon. Es war eine bergige Gegend. Aber von der Autobahn sah man das bei dem Wetter noch nicht. Ich fuhr aus der Abfahrt heraus auf eine Landstraße. Zwei Rettungswagen mit Blaulicht überholten. Das hatte mir gerade noch gefehlt – ein Unfall auf dieser Straße. Ich würde am Straßenrand parken. Ich hatte schließlich ein Wohnmobil. Zwar einen Schlafsack, aber keine Matratze dabei. So hart würde das Bett nun auch wieder nicht sein.

Vorher wollte ich noch etwas essen. Ich navigierte per GPS. Es war sogar ein Hotel. Die Straßen waren sehr steil. Hier und da lag ein Wagen im Graben. Oder hatte sich mitten auf der Straße festgefahren. An einer steilen Stelle war es bei mir auch so weit. Mit seitlichem Rutschen – Lenkung eingeschlagen – langsame Fahrt voraus – erreichten die Vorderräder dann doch wieder Grip. Würde ich auch im Graben landen?

Das Hotel sei geschlossen, sagte der Mann an der Pforte. Zu essen gebe es nichts. Aber auf die Toilette würde ich gehen dürfen. Ich kam zurück, und der Mann an der Pforte radebrechte stotternd auf Englisch. Zwei Amerikanerinnen wollten übernachten. Ihr Auto war liegen geblieben. Ihr Taxi zum Glück nicht. Das würde Stunden dauern. Ich übersetzte, und es ging viel schneller. Es war der Bruder des Hoteliers. Er hatte Eurozeichen in den Augen. So viele gestrandete Autofahrer würde es nicht alle Tage geben. Ich würde jetzt auch dort übernachten können.

Nun wollten die beiden Amerikanerinnen unbedingt etwas essen. Der stotternde Hotelier suchte im Internet einen Pizzaservice. Der Pizzaservice müsste doch auch mit dem Auto durch den Schnee fahren, gab ich zu bedenken. Und würde ebenso liegen bleiben. Ob er denn nicht irgendeinen Sandwich hätte, wollten die Amerikanerinnen wissen. Das nicht, aber Rührei. "Scrambled eggs", übersetzte ich. Es gab eine große Schüssel Rührei. Das Hotel war nicht billig, aber das Rührei kostete nichts.

Lange nicht gesehen

„Seltsam", dachte ich, „derselbe Geruch wie vorige Woche auf dem Dachboden." Langsam ging ich die Treppe hinauf. Meine Wohnung lag im zweiten Stockwerk.

Irgendjemand hatte zwei Fallschirmtaschen verschlampt. Die Rettungsfallschirme meines Segelflugvereins sollten über den Winter zur Jahresnachprüfung. Der Prüfer verlangte, dass sie ordentlich in einer Tasche daherkommen. „Sachgerechte Lagerung", hieß es. „Frei von Ungeziefer. Schutz vor Feuchtigkeit." Im Geiste war ich die Prüfungsfragen meiner Fallschirmwart-Ausbildung durchgegangen. Zum Glück waren von früher noch zwei alte Fallschirmtaschen übrig. Die Fallschirme waren nach 20 Jahren natürlich abgelaufen. Auch wenn sie gut aussahen, durften sie aus Sicherheitsgründen nicht mehr verwendet werden. Taschen liefen nie ab. Nur der Mief aus dem kleinen Werkzeugschränkchen in der feuchten Werkstatt ging irgendwie nicht heraus. Dort hatten die Taschen jahrelang gelegen. Der Geruch war muffig und süßlich zugleich. Auch zweimal Waschen in der Waschmaschine half nur bedingt. Eher schien es, als habe der Trockenraum im Speicher, oberhalb der Wohnung meiner Nachbarin, den Geruch der Packtaschen angenommen.

Oder sich dabei sogar verändert. „Jetzt wird es nicht mehr besser", dachte ich. „Der Speicher riecht zwar noch. Aber die Taschen gehen jetzt eigentlich." Vielleicht lag es doch an der Katze aus dem ersten Stock?

Die Tür gegenüber meiner Wohnung stand offen. Der fremde Mann hatte einen leichten Bauchansatz. Er sah mich finster und gleichzeitig gelangweilt an. Er ging zunächst an mir vorbei. Auf dem Treppenabsatz blieb er stehen und drehte sich um. „Müller, Kripo Dortmund", sagte er. „Wann haben Sie Frau Fuchs zum letzten Mal gesehen?"

Weiß

Mein Auto hat die Farbe Weiß. Irgendwie fahre ich immer wieder Weiß. Dabei mag ich Blau eigentlich viel lieber. Aber die Kombination Großer Kombi plus Anhängerkupplung plus 60 PS plus Farbe Weiß hat offenbar keinen anderen Kunden überzeugt. Mich überzeugte der Preis. Die Kombination Camping-Bulli plus langer Radstand plus Anhängerkupplung plus 83 PS plus Farbe Weiß minus Klimaanlage minus funktionierende Lüftung konnte wohl auch nicht recht überzeugen. Mich überzeugte der Preis. Im Jahrhundertsommer habe ich die Lüftung dann doch reparieren lassen. In der Zwischenzeit ist Weiß wieder zur Trendfarbe für Autos geworden. Zufall!

Gegenüber meiner Parkfläche liegen weitere Parkflächen. Das Gefälle ist nicht eindeutig zu erkennen, und doch ist es da. Meine Parkfläche ist unten. Die anderen Parkflächen sind oben. Eines Tages stand ein Jeep direkt vor meiner Parkfläche. Als hätten sich die beiden Autos geküsst. Hatten sie auch. Die Parkfläche, aus der der Jeep gerollt war, war inzwischen schon wieder belegt. War halt begehrt. Hat niemanden interessiert, warum der Jeep so daneben stand. Für mich war die Situation zuerst ein kleines Rätsel. „Verkehrssicherungspflicht!", ermahnte der Polizist den Verkehrsteilnehmer; Verwarngebühr null Euro. Ob er sich die Verwarnung zu Herzen nahm? „800 Euro!", errechnete mein Kfz-Meister. Ich vermute, das nahm er sich zu Herzen. Ich hätte sonst gesagt: „Nix passiert, danke, auf Wiedersehen!"

Eine Anhängerkupplung könne man zwar material-technisch auf Beschädigungen prüfen. Ja, das sei möglich. Aber eine neue Anhängerkupplung sei billiger. Nun gut, dann eben eine neue Anhängerkupplung. Und die anderen Kratzerchen, die die feindliche Anhängerkupplung verursacht hatte, wollte mein Meister auch reparieren. Auf Kosten des Verkehrsteilnehmers. Ich fühlte mich nicht ganz wohl in meiner Haut. Aber ich ließ den Fachmann gewähren.

Dann wollte ich billig tanken. Die Säule für Tankdeckel links war gerade besetzt. Ich rangierte vor und zurück zur anderen Seite. Die neue Anhängerkupplung glänzte in der Sonne. Tut sie nie lange. Wenn man einen Anhänger dranhängt, kriegt die Kugel Kratzer. Der Parksensor piepte. Er piepte ja immer. Warnte mich vor irgendeinem Grashalm oder einem klitzekleinen Kieselsteinchen. Ich hatte mich an das Piepen gewöhnt. Warum hatte der Meister mir nichts Vernünftiges eingebaut? „Die Anlage von

VW ist zu teuer", hatte er gesagt. Nach hinten war die Sicht aus meinem Wagen nicht so toll. An den stark getönten Scheiben meines Wohnmobils lag es nicht. Von außen sah es so aus, als sei die Scheibe durchgängig von links bis nach rechts. Von innen sah man einen breiten Fensterrahmen. Er teilt das Sichtfeld genau in der Mitte. Die Karosseriefarbe war weiß. Die Anhängerkupplung war hinten am Fahrzeug. Genau in der Mitte. Wo auch sonst?

Ein ohrenbetäubender Knall. Eine Erschütterung, nicht ganz so schlimm. Ich stieg aus. Über mir die Preise: Super ein Euro zweiundvierzig, E10 ein Euro vierzig, Diesel ein Euro sechsundzwanzig. Hinter der funkelnagelneuen Anhängerkupplung der Tankstellenmast. Genau in der Mitte. Farbe: weiß.

Sonderwünsche

Ich triumphierte innerlich. „Sonderwünsche plus 50 Cent", stand auf dem Schild. Neben den Metallgefäßen mit geschnittenen Gemüsearten. Und neben dem handgeschriebenen Schild, durch das man erfuhr, dass der Schafskäse in Wirklichkeit eine Lebensmittelzubereitung mit Pflanzenfett war.

Döner nur mit Fleisch, ohne Gemüse. Döner mit roter, aber nicht mit weißer Soße. Döner mit scharfem Pulver. Döner mit allem, aber ohne Gurken und mit besonders viel Zwiebeln. Döner ohne Fleisch, aber mit viel Schafskäse. Nein, mit Lebensmittelzubereitung mit Pflanzenfett. Niemand schien einen Döner so essen zu wollen, wie ihn die Türken erfunden haben. Als wisse nicht der Koch, sondern der Gast, wie die Speise zubereitet wird. Warum kochten die Leute dann nicht lieber selber? Wenn sie alles besser wussten? Die vielen Sonderwünsche nervten. Denn sie hielten den Wirt von der Arbeit ab. Und ich musste länger auf meinen Döner mit allem, ganz normal, warten. Endlich! Das hatten sie davon! Sollten sie bezahlen! Richtig so!

Leider hatte ich das Gefühl, dass das Schild gegenüber den Besserwisserkunden am Ende unterliegen würde. Den Kürzeren ziehen. Kapitulieren. Wie lange würde es an der Theke liegen, neben der Pflanzenfett-Lebensmittelzubereitung und dem geschnittenen Gemüse?

Am nächsten Mittag war es weg. Ich sah das Schild nie wieder.

Überraschungsgast

Das hatte ich davon: Ich hatte vorher abgemessen. Mein kleines Wohnmobil würde zwar in die Garage einfahren können. Komplett bis zur Anhängerkupplung. Das ja. Aber schließen könnte man die Garagentüren nicht. Dazu war das Fahrzeug zu lang. Ich hätte es wissen können. Und es trotzdem gekauft. Siehe da! Die Türen gingen wirklich nicht zu.

Die Türen mussten halt offen bleiben. Es war ja nichts Wertvolles drin außer meinem Fahrrad. Wenn man das Auto gekonnt „ungeschickt" parkt – also schräg – müsste man erst das Auto klauen und dann erst das Fahrrad. Da man das verschlossene Auto am Straßenrand auch nicht klaute, klaute man also auch nicht beides. So weit, so gut.

Nur dass in der Innenstadt eine Garage offen stand. In einer Seitenstraße der Fußgängerzone. Und jeder konnte es sehen. „Der Herr Moretti Junior hat angerufen", meldete sich meine Vermieterin am Telefon, „der mit dem BMW." „Stimmt, der parkt immer neben meiner Garage", sagte ich. Ich wusste, wen sie meinte. Er hatte mich eine Zeitlang genervt, als ich neu war, indem er genau vor meiner Garagentür parkte – immer wieder. Ich hatte ihm Zettelchen unter den Scheibenwischer geklemmt, er möge doch bitte woanders parken. Abschleppkosten vermeiden. Nichts hatte sich geändert. Bis ich ihm einmal persönlich begegnete. Ihm erklärte, dass er doch wisse, ich mag das nicht. Wenn er vor meiner Garage parkt.

Er war von da an ein freundlicher Zeitgenosse. Ich glaube, mein neuer Wagen hatte ihm gefallen. Aber er hatte mich ausgelacht, dass er nicht ganz in die Garage passte. „Da hat ein Penner in Ihrer Garage übernachtet. Einer, der schon einiges auf dem Kerbholz hat. Ich habe ihn sonst immer im Eingang der Sparkasse gesehen", sagte meine Vermieterin. „Jetzt hat er sich wohl einen neuen Schlafplatz gesucht, und der ist in Ihrer Garage. Sie müssen was unternehmen! Wer weiß, was der sonst anstellt! Herr Moretti hat ihn heute Morgen aus Ihrer Garage vertrieben. Und mich dann angerufen."

Leitplanke

Ein junges Pärchen war nachts mit dem Auto auf der Autobahn unterwegs. Leider war das Auto schon alt. Es blieb liegen – ausgerechnet an einer Stelle, wo es keinen richtigen Seitenstreifen gab. Die beiden stiegen aus. Sie würden zuerst das Warndreieck aufstellen müssen. Es war eine gefährliche Stelle. Die Lichter des nächsten Fahrzeuges rasten bedrohlich auf sie zu. Jetzt fiel ihnen ein, dass sie ihre Warnwesten im Wagen vergessen hatten. Das herannahende Auto machte keine Anstalten, seine Geschwindigkeit zu verringern. Auch sahen sie kein Blinken – keine Ausweichbewegung. Sie nahm seine Hand. „Komm, wir springen!", sagte sie. „Hinter der Leitplanke sind wir sicher!" So machten sie händchen-haltend einen geschickten Bocksprung. So wie sie alles immer gemeinsam taten. Sie waren unsterblich ineinander verliebt. In wenigen Sekundenbruchteilen würden sie wieder festen Boden unter den Füßen verspüren.

Es fühlte sich an wie eine Ewigkeit. Die beiden Turteltäubchen verstanden die Welt nicht mehr. Sie strampelten mit den Beinen, die immer noch in der Luft hingen. Sie schauten sich um. Dann sahen sie es. Sie sahen alles. Wie es sich von ihnen wegbewegte. Erst in Zeitlupe, und dann immer schneller:

Ihr Fahrzeug, dessen orangefarbene Lampen treu blinkten. Das herannahende Fahrzeug, das noch rechtzeitig auswich. Die Leitplanke. Und die Unterseite der Autobahnbrücke, auf der ihr Fahrzeug stand. Der Wind pfiff in ihren Ohren.

Verbotener Trübsinn

Mein erstes Studium brach ich ab.

An einem Montag.

Was ich als nächstes mit meinem Leben anfangen wollte, das wusste ich noch nicht so genau. Nur was ich nicht mehr wollte: Ich hatte ein Semester lang gerechnet. Morgens gerechnet. Nachmittags gerechnet. Abends gerechnet. Manchmal sogar nachts. Ich wollte lieber mit Menschen arbeiten.

Meine Laune war dem Anlass angemessen, so wie es wahrscheinlich jeder empfunden hätte. Als ich im Prüfungsamt vorsprach, verlangte ich nichts Übertriebenes – eher eine Selbstverständlichkeit. Alle Nachweise, die ich bisher erworben hatte, wollte ich ausgehändigt bekommen. Für mein weiteres berufliches Leben. Die Mitarbeiterin im Prüfungsamt schaute mich verständnislos an. Ihren albernen kegelförmigen Hut ignorierte ich wohlwollend. Ich hatte keine gute Laune. Im Nachhinein war es verwunderlich, dass ich überhaupt eine Mitarbeiterin angetroffen hatte. „Dat kannisch ihn' doch heut' nit geben!", sagte sie mit einer arroganten Selbstverständlichkeit. „Da müssense Mittwoch wiedakomm'!" An diesem Montag war man zwar am Arbeitsplatz. Aber gearbeitet würde an diesem Tag nicht.

Die Nase der Mitarbeiterin war rot angemalt. Auf den Tischen lagen Luftschlangen. Aus dem Radio klang Schunkelmusik. Ich wurde wütend – andere arbeiteten doch auch für ihr Geld! Es war Rosenmontag. An diesem Tag konnte man sein Studium nicht abbrechen. Solcherlei Trübsinn war an diesem Tag nicht erlaubt.

Der zweite Weltkrieg

Besonders schlau

„Ich glaubte damals, ich sei besonders schlau", erklärte Onkel Herbert vergnügt, „und habe gesagt,
sie sollen alle ihre Gedanken auf ein Blatt schreiben
und es mir geben. Statt der Ansprache." Onkel Herbert konnte abendfüllend Geschichten erzählen.
Meistens ging es in diesen Geschichten um den
Krieg. Ein „ganz kleiner Klüngel ehrvergessener Offiziere" hatte einen „feigen Mordanschlag auf den
Führer" verübt. Doch „die Vorsehung" hatte den
„geliebten Führer" vor Schaden bewahrt. Die „Verbrecher" würden ihrer „gerechten Strafe" nicht entrinnen. Nach dem gescheiterten Stauffenberg-Attentat war es die Aufgabe des diensthabenden Offiziers, diese Ansprache vor der Einheit zu halten.
Onkel Herbert hatte es zu etwas gebracht in der
Wehrmacht. Man könnte meinen, er hätte es gut
getroffen. Wäre der Krieg nicht so gut wie verloren.
Das Kriegsglück schien den Führer verlassen zu haben. Auch wenn man das natürlich nicht sagen
durfte.

Onkel Herbert konnte diese Ansprache nicht halten.
Die meisten Soldaten hatten natürlich die geforderten Gedanken zu Papier gebracht: Eine „glückliche
Fügung". Gute Wünsche für den Führer. Entsetzen

über die „schändliche Tat". Hans-Josef war ein guter Kerl. Aber er schien Onkel Herbert viel besser zu kennen, als dieser sich eingestehen wollte. Was Hans-Josef geschrieben hatte, war auf zweierlei Weise gefährlich. Dass er nicht Hitler, sondern Stauffenberg gepriesen hatte, für den sein Herz geschlagen hatte. Dass der Plan so genial und brillant gewesen sei, dass er unbedingt hätte klappen müssen. Dass dieser Ausgang der Dinge ein großes Unglück sei; für Deutschland und die ganze Welt. Dass Hans-Josef vielleicht Recht hatte, darauf kam es doch gar nicht an. Onkel Herbert hätte ihn sofort ans Kriegsgericht ausliefern müssen. Oder ihn sicherheitshalber eigenhändig erschießen. Onkel Herbert erschauderte innerlich bei dem Gedanken, Hans-Josef erschießen zu müssen. „Werkraftzersetzung" galt als schweres Verbrechen. Noch dazu hätte Onkel Herbert um sein Leben fürchten müssen, wenn er nicht angemessen reagiert hätte und anschließend denunziert worden wäre. Dass Hans-Josef ihn niemals prüfen oder denunzieren wollte, war ja klar. Man hatte einiges zusammen durchgemacht. Das weiß man einfach. Hans-Josef war ein guter Kerl.

„Soldaten!", rief Onkel Herbert und setzte eine grimmige Vorgesetztenmiene auf, nachdem er alle

Blätter sorgfältig und restlos verbrannt hatte. „Ich habe eure Texte gelesen. Das habt ihr alle ziemlich gut gemacht. Ich bin stolz auf euch."

Gute Partie

„Wir spielen doch nur Schach!" Onkel Herbert konnte es nicht fassen. Als Offizier der Wehrmacht hatte er es zu etwas gebracht. Er kommandierte eine Radarstation. Und, was ihm noch wichtiger war, seine Männer vertrauten ihm. Da er ganz passabel Schach spielte – in Rommels Afrikakorps hatte man viel freie Zeit gehabt – hatte er bald kaum noch gleichwertige Gegner in seiner Truppe. Er spielte in Italien oft in der Gaststätte – mit deutschen Soldaten – mit Italienern. Die Italiener waren schließlich Verbündete. In der Schule hatte er nie Italienisch gelernt. Aber da er lange genug in Italien stationiert war, war die Sprache kein Problem mehr. Man schlug ihm eine Partie mit einem einheimischen Schachpartner vor. Es lief anfangs ganz gut. Wenn nur die ganzen Zuschauer nicht gewesen wären! Es war wirklich nichts Außergewöhnliches dabei, selbst wenn die Kontrahenten zwei unterschiedliche – und gleichzeitig verbündete – Nationalitäten hatten. Es stellte sich heraus, dass der Schachpartner als Lokalmatador galt. Er spielte absolut brillant. Wer gegen ihn gewinnen konnte, der musste ein noch außergewöhnlicherer Spieler sein. Der Lokalmatador war schließlich bekannt. Onkel Herbert trug zwar eine Uniform. Aber berühmt war er nicht.

„Am Ende bin ich dann doch nervös geworden", sagte Onkel Herbert, „und habe das Spiel verloren."

Ein Partisanenangriff – Vergeltung – noch ein Partisanenangriff – noch mehr Vergeltung. Eine Spirale der Gewalt. Ein sinnloses Sterben. Die Angriffe schienen immer näher zu kommen. Bisher war es Onkel Herbert gelungen, auf seiner Radarstation mehrere Monate lang eine ruhige Kugel zu schieben. Ohne Verluste. Der Krieg war so gut wie verloren. Die Partisanen mochten zwar ihre Gründe haben, warum sie die Deutschen als Feinde betrachteten. Aber sie hatten kein Recht, Onkel Herberts Kameraden zu töten. Nur noch wenige Wochen oder Monate. Dann würde er sie alle nach Hause bringen. Lebendig und unverletzt. Zu ihren Müttern. Die Kriegsgefangenschaft würde hoffentlich nicht zu lange dauern. Wenn nur die Partisanen nicht wären! Eine bestimmte andere Einheit schien es zu schaffen, niemals auf Partisanen zu treffen. Niemals Verluste zu beklagen. Niemals den Befehl zu erhalten, Vergeltung zu üben. Wie machten sie das? Es hatte etwas gedauert, bis die Einheimischen halbwegs Vertrauen geschöpft hatten. Onkel Herbert hatte nicht nur deutsche, sondern auch italienische Soldaten in seiner Truppe.

Onkel Herbert erhielt einen Rat. Das war natürlich streng verboten. Ein Waffenstillstand, den alle Soldaten und Partisanen kennen, würde niemals funktionieren. Es könnte nur auf Vorgesetztenebene funktionieren. Würde man seine gegenseitigen Unternehmungen außerhalb der Basis schon vorher verraten, dann – und nur dann – könnte man es einrichten, dass man sich zufällig niemals begegnete. Kein Soldat und kein Partisanenkämpfer würde sterben müssen. Und bald wäre der Krieg sowieso beendet. Das war natürlich gefährlich. Onkel Herbert könnte dafür vor dem Kriegsgericht enden. Mit tödlichem Ausgang. Was war denn nun wichtiger? Die Vorschriften? Oder das Leben der treuen Kameraden?

Onkel Herbert überlegte wirklich nur ganz kurz. Höchste Zeit, den Partisanenkommandeur zu treffen. Ein Gentlemen's Agreement. „Und rate mal", sagte Onkel Herbert, „wer der örtliche Kommandeur der Partisanen war?" „Mein deutscher Freund", sagte das Schachgenie zum feindlichen Offizier, „genau so machen wir das."

Lange Reise

„Soldat! Um Himmels Willen!" Onkel Herbert erzählte oft vom Krieg. Diese Geschichte erzählte er besonders gern: Sie waren tagelang in Afrika unterwegs gewesen. In einem Fahrzeug der Wehrmacht. Als sie am Ziel angekommen waren, hatte der Fahrer Onkel Herbert gefragt, warum er denn nicht aussteige. Onkel Herbert hatte gesagt: „Um Himmels Willen! So halten Sie doch!" „Wir stehen doch!", hatte der Fahrer geantwortet. „Ich musste", meinte Onkel Herbert, „erst meinen Fuß auf die Erde setzen. Da habe ich erkannt, dass wir wirklich schon stehen."

Festessen

Endlich fühlte sich Gerald wieder pudelwohl. So wohl wie seit Wochen schon nicht mehr. Die Kufen schliffen über das Eis. Gerald war sechs Jahre alt. Er lief mit Schlittschuhen über die gefrorenen Wiesen im Stadtpark. Eigentlich hätte er nicht hier sein sollen, dachte Gerald. Wann die Wurmkur nun anfangen sollte, wusste er nicht so genau.

In Kassel hatte es Bombenangriffe gegeben. Sie mussten sogar oft im Luftschutzkeller übernachten. Dann war Vatis Büro umgezogen. Das war ein Segen. Vati war Ingenieur. Ingenieure waren wichtig für den Krieg. Darum war Vati auch nicht Soldat wie die Väter der anderen Kinder. Es war ein Glück, dass sie in eine andere Stadt hatten umziehen können – und was für eine! Es gab hohe Häuser mit prächtigen Fassaden. Ihre Wohnung hatte hohe Decken. Vor dem Haus fuhr eine Straßenbahn. Sie quietschte laut, wenn sie um die Kurve fuhr, in Richtung Hindenburgplatz. Es gab viele Gewässer. Dort waren sie im Sommer mit Vati gepaddelt. Geralds großer Schwester Erika gefiel es hier auch gut. Sonntags gab es manchmal Blaubeeren. Die Blaubeeren waren für Mutti kleine Schätze. An besonderen Tagen gab es für jeden einen Löffel Blaubeeren auf den Pudding. Seit einiger Zeit schickten die

Eltern sogar große Pakete mit der Post. Zu Vatis Eltern und Geschwistern in Kassel. Die würden sich bestimmt über die tollen Geschenke freuen.

Am besten war Geralds neuer Freund. So einen guten Freund hatte er noch nie. Karl-Heinz kam jeden Tag zum Spielen. Er war der Sohn des Hausmeisters und wohnte im Keller des großen Hauses. Manchmal stritten sie sich auch. Dann sagte Karl-Heinz beleidigt, dass er nie wieder zum Spielen kommen würde. Jedes Mal stand er am nächsten Tag wieder vor der Tür.

Manchmal war Vati mit Gerald in die Wochenschau gegangen. Dort erfuhr Gerald dann von den Siegen der Wehrmacht. Die Panzer fuhren immer von links nach rechts, denn – das wusste Gerald – auf der rechten Seite waren die Russen. Die Wehrmacht rollte von Sieg zu Sieg. Leider wurden die Schulkinder dann aufs Land verschickt. Auf dem Lande sei es sicherer, sagte man. Obwohl man Gerald gut behandelt hatte, hatte er doch oft geweint. Er war auf einem großen Gutshof. Das war einfach nicht sein Zuhause. Nicht seine Familie. In den Weihnachtsferien fuhr er nach Hause. Danach durfte er zu Hause bleiben. Mutti hatte Erika und Gerald nach den Ferien krank gemeldet. Sie sollten eine Wurmkur bekommen.

Abends saß die ganze Familie am Tisch. Obwohl kein Sonntag war, gab es Blaubeeren. Sogar jede Menge. Dabei waren Blaubeeren doch Muttis kleine Schätze! Jedes Kind durfte ein ganzes Glas Blaubeeren auslöffeln. Gerald traute seinen Augen kaum. Mutti sah so aus, als ob sie etwas Wichtiges sagen wollte. Aber sie sagte nur, sie sollten es sich schmecken lassen. Ganz glücklich war sie aber nicht. Am schlimmsten war Vati. Vati sagte gar nichts. Er machte ein Gesicht wie auf einer Beerdigung. Tränen liefen ihm über die Wangen. Sie hatten ihren Vater nicht oft weinen gesehen, eigentlich noch gar nicht. Gerald sah auf die Gläser Blaubeeren, die sie mit dem Esslöffel löffelten. Irgendwie schmeckten die köstlichen Blaubeeren nicht. Hier konnte etwas nicht stimmen. Blaubeeren waren Muttis kleine Schätze.

Gerald erschrak. Auf einem Mal war ihm klar: Es musste etwas ganz Schreckliches passiert sein. Wenn sie schon die Blaubeeren mit dem großen Löffel essen sollten. Dann sagte Mutti: „Wir müssen fort aus Breslau. Die Russen kommen. Morgen früh fährt der letzte Zug. Danach gibt es keine Züge mehr. Erika, Gerald und ich fahren morgen zu den Verwandten nach Kassel. Vati kommt nach, sobald er kann."

Luftschutzraum

Die letzten Wochen des Bombenkrieges erlebte der siebenjährige Gerald in der Stadt. Oft verbrachte er Tage und Nächte im Keller. Alle im Keller trugen dunkle Brillen. Die Menschen sahen unheimlich aus. Sie nahmen nasse Tücher vor den Mund. Die Tücher sollten sie vor dem Mörtelstaub schützen, der aus den Mauerfugen quoll. Bei jeder Erschütterung.

Erst kam das auf- und abschwellende Heulen der Sirenen. Dann das Dröhnen der Motoren der Bomberstaffeln. Das Bellen der Flugabwehrkanonen. Das Pfeifen der fallenden Bomben. Die krachenden Einschläge. Ein solches Grauen kann man sich heute nicht mehr vorstellen.

Besonders schlimm war es für Lotte. Lotte war Geralds Tante. Sie war gelähmt. Großmutter holte ihre erwachsene Tochter bei jedem Alarm aus ihrem Bett. Sie trug sie auf dem Rücken in den Keller. Dort lag sie in einem überdimensionalen Kinderwagen. Wenn die Einschläge näher kamen, schrie sie und bäumte sich auf. Damit sie nicht aus dem Wagen herausfiel, beugte Großmutter sich über sie. Lotte war völlig hilflos. Sie hatte große Angst davor, einmal allein übrig zu bleiben. Immer wieder prägte sie

Gerald ein, sie leide unter „zerebraler Kinderlähmung". Das sollte er etwaigen Rettern erzählen: „Zerebrale Kinderlähmung". Das war für ihn ein schwieriges Wort. Er übte immer wieder. Er wollte Lotte nicht enttäuschen.

Bei jedem Alarm musste man schnell in den Keller. Einmal hatte Mutter den elektrischen Wasserkocher vergessen. Als sie wieder nach oben gingen, lagen dort alle Einzelteile: der Griff, die Tülle und alle Einzelteile. Das Wasser war verkocht, und die Lötstellen waren aufgeschmolzen.

Der Keller des Hauses war der Luftschutzraum. Sie saßen alle auf Korbstühlen im Kellerflur. Rechts und links waren die Türen zu den Kellerräumen. Geralds Mutter saß schräg gegenüber. Es wurde immer schlimmer. Die Einschläge schienen immer näher zu kommen. Die Mutter zitterte. „Mutti, frierst du?", fragte Gerald. Er stand von seinem Stuhl auf und ging zu seiner Mutter. Vor Angst drückte er sich ganz fest an sie. Er schloss die Augen. Er hatte große Angst. Doch es tat gut, die Nähe seiner Mutter zu spüren. Ganz in der Nähe schlug eine Bombe ein. Als sich der Staub gelegt hatte, sah Gerald, dass eine Tür ausgerissen war. Der Stuhl unter der Tür war völlig zertrümmert. Es war Geralds Stuhl. Er hatte eben noch darauf gesessen.

Kapitulation

Opa war Ingenieur. Das war ein Glück. Denn sein Beruf galt als kriegswichtig. Er wurde nie zur Wehrmacht eingezogen. Er zog nie mit einer Waffe in den Krieg. Der Führer hatte befohlen, alle Städte zu verteidigen. Bis zum letzten Atemzug. Opa kam zum Volkssturm. Er erhielt eine Pistole. Mit ihr würde er amerikanische Soldaten in fabrikneuen Panzern in die Flucht schlagen. Wie ein solcher Kampf ausgehen würde, wusste Opa. Nicht erst seit diesem Tag.

Sie waren in eine Stadt umgezogen, die heute in Polen liegt. Dort hatte es keine Luftangriffe gegeben. So weit nach Osten waren die Engländer nie geflogen. Der Russlandfeldzug hatte alles geändert. Oma und Opa hatten noch am selben Tag begonnen, das Familiensilber in Paketen zurückzusenden. Päckchen für Päckchen. Am Ende gelang die Flucht. Bevor die Russen einmarschierten. Opa kam nach.

Luftangriffe gab es natürlich immer noch. Als sie aufhörten, galt es, die Stadt zu verteidigen. Mit gezogener Pistole. Opa vergrub sie lieber. Die Männer waren weiser, als der Führer erlaubte. Diese Stadt würde nicht mehr kämpfen. Das sinnlose Blutvergießen würde ein Ende haben. Wenn man durchsucht wurde, war es besser, keine Waffe zu besitzen. Außer…

Die Amerikaner ließen auf sich warten. Beim nächsten Appell würde Opa seine Pistole benötigen. Nicht zum Schießen – nur zum Präsentieren. Wenn es denn noch einen Appell unter dem Hakenkreuz geben würde. Opa bekam langsam Panik. Man würde ihm „Feigheit vor dem Feind" vorwerfen oder Schlimmeres. Der Krieg war so gut wie verloren. Aber man konnte trotzdem noch erschossen werden. Von den deutschen Befehlshabern. Wenn man sich weigerte zu kämpfen.

Es half alles nichts. Opa musste die Pistole wieder ausgraben. Noch während er grub, begegnete ihm ein amerikanischer Soldat. Opa händigte ihm die Waffe aus. Er führte ihn auf die andere Seite des Hauses. Dort waren die Männer vom Volkssturm bereits angetreten. Nun wurde der Soldat nervös – mit so vielen hatte er nicht gerechnet. Die Männer ergaben sich. Mit seinem Gewehr eroberte der Soldat den ganzen Häuserblock. Ohne einen einzigen Schuss. Die Männer übergaben nicht nur ihre Waffen. Auch das städtische Lebensmitteldepot übergaben sie an die amerikanische Armee. Zusammen mit dem Sprengstoff, den sie erhalten hatten, um das Lebensmitteldepot zu sprengen. Ihre Familien sollten nicht hungern.

Panzerfaust

Nach den Luftangriffen kamen die Artillerie-Angriffe. Endlich hörten auch die auf. Die Amerikaner marschierten in der Stadt ein. Nicht verschlissen und in Lumpen, sondern mit nagelneuen Uniformen. Eigentlich marschierten sie auch nicht. Sie fuhren in langer Kolonne. Die Fahrzeuge hatten keine Einschusslöcher und keine Beulen. Sie waren fabrikneu. Der Lack glänzte. Sogar die Reifen glänzten. Sie können nicht weit gefahren sein. Und waren doch in der Mitte Deutschlands angekommen. Den ganzen Weg aus Amerika.

Als Onkel Gerald das sah, war er gerade sieben Jahre alt. Er wusste sofort, der Krieg war verloren. In ganz Deutschland. „Jetzt wird es ganz bestimmt nichts mehr", seufzte er, „mit der Hitlerjugend."

Waffen gab es eine Menge in der Stadt. Die Männer vom Volkssturm hatten sie aufgegeben. Oder die, die nicht mehr kämpfen konnten. Weil sie gestorben waren. Die Kinder spielten mit den Waffen. Onkel Gerald hatte nicht irgendeine Waffe gefunden. Er besaß eine Panzerfaust. Sie war in einem sicheren Versteck außerhalb des Hauses. „Ich würde sie gerne einmal zur Probe abfeuern", dachte er, „nur diesen einen Schuss." Mehr als einen Schuss hatte er auch nicht. Wenn man sie abgeschossen hätte, bliebe nur der Griff mit einem Rohr. Nachladen konnte man nicht. „Wenn ich nur wüsste, wie weit das Geschoss fliegt!", wägte er weise die Risiken ab. Während er tagelang wägte, blieb die Panzerfaust im Versteck. Es war jedenfalls gut, eine zu besitzen. Auch wenn die Krieg schon vorbei war. Andere Kinder hatten nur echte Pistolen oder Handgranaten.

Ein lauter Knall ließ die Häuser erbeben. Dann viele Schreie: Schreie des Schmerzes, Schreie des Todes und Schreie des Entsetzens. Zwei Kinderleichen lagen am Straßenrand. Zumindest die größten Teile von ihnen. Mit ihnen starb eine Frau, die einen Kinderwagen schob. Der Säugling im Kinderwagen lebte. Die Kinder hatten beim Spielen eine Handgranate auf den Bordstein geschlagen.

Onkel Gerald behielt seine Panzerfaust im Versteck. Er ging nie wieder hin.

Die Nachkriegszeit

Traumauto

„Marion war schon immer etwas verwöhnt", erzählte Onkel Herbert. „Gleich nach dem Krieg hat sie ein Auto für uns beide ausgesucht. Dabei hatte ich noch keinen Führerschein und auch kein Geld. Das mit dem Führerschein ging dann aber schnell. Ich habe ihn bekommen ohne eine einzige Fahrstunde." „Wie denn das?", fragte ich. „Ich habe 24 Fahrstunden gebraucht." „Im Krieg war ich schon jahrelang gefahren. In Afrika, in der Wüste", Onkel Herbert lachte, „gab es ja keine Verkehrskontrollen." „Und später in Italien?", wollte ich wissen. „Da schon", räumte Onkel Herbert ein. „Aber die Fahrzeuge der deutschen Wehrmacht wurden natürlich nicht angehalten. Man zeigte stattdessen den Hitlergruß. Den hatte Mussolini ja erfunden. Hitler gefiel der Mussolini-Gruß so gut, dass die Deutschen ihn auch machen mussten."

„Jedenfalls", meinte Onkel Herbert, „hat der Fahrlehrer gesagt: Sie können doch schon fahren! Dann hat er mir gleich einen Führerschein ausgestellt. Meinem Bruder Werner übrigens auch. Dem hat er gesagt, Sie sind ja Ingenieur. Sie können doch fahren.

Marion hat sich sogar den Namen des Autos gemerkt, das ich kaufen sollte. Und es mir vorgesprochen: Poos – Pors – Por-Sche!" „Du bist gemein!" Tante Marion beschwerte sich: „Aber der erste Porsche sah wirklich schön aus. Damals."

Wiedersehen

Oma machte ein zufriedenes Gesicht. Der alte Herd hatte ausgedient. Zwei Weltkriege überstanden. Jahrzehntelang seinen Dienst getan. Doch spätestens seit dem Wirtschaftswunder kochte man mit Strom oder Gas. Die Männer trugen den Herd heraus. Ein lautes Scheppern, ein Rollen, ein metallisches Glänzen. Sofern ein so rostiges Etwas noch metallisch glänzen kann. Oma war sofort im Krieg.

Die Erinnerung an den Bombenkrieg war keine angenehme. Erst kamen die Sprengbomben, die die Häuser zerstörten. Dann kamen die Brandbomben, die die Menschen dazu veranlassten, den Schutz ihrer Häuser zu verlassen. Dann kamen die Splitterbomben, die sie töteten. Dann kamen die Bomben mit Zeitzünder, die die Überlebenden töteten. Brandbomben gab es viele. Sie konnten überall sein. Nur etwa dreißig Zentimeter lang. Einmal hatte Oma eigenhändig eine Brandbombe im Sandeimer erstickt. Das Loch im Küchenfenster war eindeutig gewesen. Nur Brandbomben passten hindurch. Manchmal kam es vor, dass die Druckwelle einer anderen Bombe das Leitwerk zur Seite drückte. Die Bombe schlug dann nicht mit dem Zünder auf. Sie richtete zwar kein Unheil an, blieb aber scharf. Eine Brandbombe im Haus war nicht lustig.

Verzweifelt hatten sie gesucht. Stunden- und tage-lang. Es blieb nichts anderes übrig, als sich einzuge-stehen, dass die Brandbombe zwar das Fenster zer-stört hatte, aber doch abgeprallt war. Oder war die Form des Loches einfach Zufall? Schwer vorstellbar.

Der alte Kohleherd hatte vier metallische Füße, die in einem 90-Grad-Winkel gebogen waren. Dahinter ein Hohlraum, ein Versteck, wenn man das so sagen kann. Viel passte natürlich nicht hinein. Die Bombe war hochkant auf dem Leitwerk stehen geblieben. Als sie durch die Küche rollte, hellte sich Omas Miene auf, als hätte sie eine alte Bekannte wieder-getroffen. „Da ist sie ja!", sagte Oma.

Wirtschaftswunder

Kurz nach dem zweiten Weltkrieg wurde Opa in England interniert. Man befragte alle Ingenieure, von denen man sich wichtiges Know How erhoffte. Es dauerte mehrere Monate. Man behandelte sie gut. Zu tun hatten sie eigentlich nichts. Daher sorgten sie sich um ihre Familien. Sie durften in regelmäßigen Abständen eine Dose Kakao zu ihren Familien schicken. Die Ingenieure tüftelten. Sie füllten den Kakao aus und wieder ein – Schicht für Schicht. Sie klopften jede dünne Schicht fest. Am Ende passten zweieinhalb Dosen Kakao in eine Dose Kakao. Zu Hause war der Kakao steinhart. Die Familien freuten sich trotzdem.

Dann durfte Opa zu seiner Familie reisen. Er fuhr in einem offenen Lastwagen der britischen Armee. Kurz vor dem Ziel wurden die Bahnschranken geschlossen. Sie mussten mehrere Züge abwarten. Der Bahnübergang kam Opa bekannt vor. Langsam erwachte er aus dem Halbschlaf. Es stimmte – hier hatte ein kriegswichtiger Zulieferer seinen Firmensitz gehabt. Er hatte regelmäßig Verkaufsverhandlungen geführt. Der alte Geschäftspartner erkannte ihn sofort wieder. Da Opa keine Arbeit hatte, durfte er sofort in der Firma des Kollegen arbeiten. Die Familie durfte eine Zeitlang im großen Haus des Firmeninhabers wohnen.

Nach einigen Jahren erhielten sie eine eigene Wohnung. Einmal klingelte es an der Tür. Dort stand ein nagelneuer VW Käfer. Opa hatte ihn gekauft. Oma weinte. Sie hätte lieber eine Waschmaschine gehabt.

Omas Traum

„Ich hab' mal geträumt", sagte Oma, „ich bin mit dem VW Käfer gefahren." Das war ungewöhnlich. Oma besaß keinen Führerschein. Nicht dass sie keinen hätte bekommen können. Es war damals einfach so: Der Mann fuhr, und das allein war schon etwas Besonderes. Als Oma klein war, besaßen nur die reichen Leute ein Fahrzeug. Die wirklich wichtigen Fahrzeuge wurden ohnehin von Pferden gezogen.

„Und ich habe gleich einen Unfall gehabt. Das war nur ein kleiner Blechschaden. Aber was würde Werner dazu sagen?" Opa würde bestimmt schimpfen, wenn so etwas passierte. Oma machte sich in ihrem Traum große Sorgen.

„Was der Mensch so alles träumt…", resümierte Oma und lachte herzlich über ihre eigene geträumte Phantasie, „Quatsch, ne?"

Familienglück

Treuer Begleiter

„Tante Marion, wie habt ihr euch eigentlich kennen gelernt?", fragte ich. „Nach dem zweiten Weltkrieg", erklärte Tante Marion, „brauchte man ja dringend Lehrer. Viele waren im Krieg gefallen. Da hatten Herbert und ich, wir beide, die Möglichkeit, das erste Lehrerseminar zu besuchen. Und das lag genau in der Mitte. Zwischen seiner Wohnung und meiner. Um mich nach dem Seminar nach Hause zu bringen, musste er also dreimal so weit laufen. Das machte er jeden Tag. Und da", Tante Marions Miene begann zu strahlen, „habe ich doch gedacht, dass er es ernst meint."

Sinneswandel

„Nein", sagte Marie, „das möchte ich nicht!" Sie war sich ihrer Sache sehr sicher. Ihr Verhalten war ungewöhnlich, besonders zu dieser Zeit. Aber es ging wirklich nicht anders. Sie hatte inzwischen eine viel bessere Idee. „Wie bitte?", stutzte Richter Wefelkötter. „Ich verstehe nicht ganz." Wefelkötter verstand sehr gut. So etwas war ihm beim Vormundschaftsgericht selten vorgekommen. Fast wünschte er sich die Zeit des Nationalsozialismus zurück. Da gab es klare Hierarchien. Wo kämen wir denn hin, wenn sich Kinder ihren Vormund immer selbst aussuchen würden? „Alfons, jetzt übertreibst du aber!", sagte er leise zu sich selbst. Er verkündete etwas gönnerhaft: „Jetzt bin ich aber gespannt."

„Ihr habt ein Pflegekind, Onkel Herbert? Das wusste ich gar nicht", sagte ich. „Ja, eine ehemalige Schülerin aus meiner Klasse", antwortete Herbert vergnügt. Er und Tante Marion waren lange Lehrer gewesen. Onkel Herbert strahlte immer, wenn er von seinen Erlebnissen als Pädagoge erzählte. Das muss ihm ziemlich Spaß gemacht haben. Kaum zu glauben. Mir machte Schule zwar nichts aus, aber Spaß war etwas völlig anderes.

„Das war ganz einfach. Marie war ein kluges Mädchen, das sehr gut für sich selbst sorgen konnte. Sie
bereitete uns nichts als Freude. Das einzige, was wir
zu tun hatten in den zwei Jahren war, sie nicht zu
bestehlen. Dabei war es ganz einfach: Sie hatte ihr
Geld, und wir hatten unseres." „Wieso solltet ihr
euer Pflegekind bestehlen? Das ist doch völliger
Quatsch." Ich konnte mir keinen Reim draus machen. „Es lag ganz einfach daran", meinte Onkel
Herbert, „das war das Einzige, worin Marie ihren eigenen Angehörigen nicht traute. Sie war sechzehn,
als ihre beiden Eltern bei einem Verkehrsunfall star-
ben. Sehr traurig. Dass sie ein gutes Mädchen war,
das wusste ich. Aber dafür interessierten sich die
Verwandten wiederum nicht." „Wofür haben sie
sich denn interessiert?", fragte ich.

Onkel Wilhelm und Tante Lydia schauten Marie erwartungsvoll an. Ihre Vorfreude geriet ins Stocken.
Hatten sie sich verhört? Marie hatte „nein" gesagt.
Richter Wefelkötter hätte aus der Haut fahren können. Erst fand sich niemand in der Familie, der Marie aufnehmen wollte. Und jetzt standen alle
Schlange. Wilhelm und Lydia waren die nächsten
Verwandten. Sie passten vom Alter her. Und jetzt
würden sie Marie endlich aufnehmen wollen. Obwohl sie Marie und ihre verstorbenen Eltern kaum

gekannt hatten. Als sich herausgestellt hatte, dass Marie nicht nur ein kleines Vermögen von ihren Eltern geerbt hatte, sondern ein großes. „Sie sahen doch immer so ärmlich aus, waren viel zu bescheiden aufgetreten", hatten sich die Verwandten gewundert. Jetzt nützte ihnen der Besitz gar nichts mehr. Nur noch ihrer Tochter. Aber die würde erst darüber verfügen, wenn sie 18 Jahre alt war. Bis dahin würde der zu bestellende Vormund das Geld treuhänderisch verwalten.

„Lydia und Wilhelm möchte ich wirklich nicht", sagte Marie jetzt etwas lauter. „Mein ehemaliger Lehrer, Herr Hülshoff, soll mein Vormund sein." „Ist er denn hier im Gerichtssaal, dieser Herr Hülshoff?", fragte Wefelkötter. „Nein", sagte Marie, „aber ihm vertraue ich."

Erbschaft

Das war ja wohl die Höhe! Opa Albert tobte innerlich. Er, der für seine Großzügigkeit bekannt war. Er, der der Glückauf-Zeche in Essen vorgestanden hatte. Nicht irgendwer! Der Besitz war ja nicht gerade gering. Jedes Kind und jeder Enkel würde ein Haus bekommen. Albert hatte lange überlegt. Seine Familie war mit Nachkommen gesegnet, Gott sei Dank! Aber so viele Häuser wie Nachkommen hatte er nun auch wieder nicht. Damit wirklich jeder ein Haus erhielt, musste alles gut bedacht werden. Das war er Kind und Kegel schuldig.

Herbert mochte ihm ein würdiger Schwiegersohn und für Marion ein guter Ehemann sein. Aber ihm, Albert, Ungerechtigkeit vorzuhalten, das konnte er nicht auf sich sitzen lassen. Er hatte Herbert immer für einen klugen Mann gehalten. Er finde es sehr großzügig, hatte Herbert gesagt. Aber nicht ganz gerecht, hatte Herbert gesagt. Nicht gerecht? Er fürchte, damit würde Zwietracht gesät, hatte Herbert gesagt.

Es war ja nicht so, dass Albert alles dem Zufall überlassen hätte. Seine Enkeltochter Annegret würde das Haus in Borbeck erben. Herbert und Marion, Annegrets Eltern, durften natürlich weiterhin darin wohnen. Natürlich auch, wenn Annegret ausziehen würde. Sein Enkelsohn Hans-Friedrich erbte das vermietete Haus in Lünen. Es war ungefähr genau so viel wert. Alberts Sohn Wilhelm und seine Frau Hermine erbten das Haus, in dem sie jetzt schon wohnten. Sie waren kinderlos geblieben. Martha und Ludwig wohnten in dem roten Haus in Dortmund-Kurl. Ihr Sohn Franz-Hermann würde dieses Haus erben. Die weiteren Kinder erhielten jeweils ein vermietetes Haus. Alberts Tochter Maria erhielte das Haus, in dem Tante Klärchen wohnte. Und so weiter. Und so weiter. Es war für alle gesorgt.

„Vater, das habe ich nicht so gemeint!", entschuldigte sich Herbert. „Du bist wirklich sehr großherzig. Wir freuen uns sehr. Und bitte bleib noch lange gesund!"

Hülshoffs Erbe

Die Arbeit ist manchmal spannender als der Rest des Lebens. Dafür liebe ich meinen Beruf. Zur Wahrung der Persönlichkeitsrechte möchte ich vorsichtshalber die Spuren, die auf die beschriebenen Personen hinweisen könnten, so weit wie möglich verwischen. Für mein Pseudonym habe ich einen Namen gewählt, den nur diejenigen kennen, die auch die Geschichten kennen. Und der dennoch meiner ist. Und das kam so:

Bauer Hülshoff starb früh. Seine Witwe heiratete erneut und bekam Kinder. Die Nachkommen erbten den Hof. Und wurden in ihrem Ort „Hülshoff" genannt. Obwohl sie ganz anders hießen. Schließlich bewirtschafteten sie Hülshoffs Hof. Welcher Name eingetragen war, interessierte die Menschen im Dorf nicht. Daher wurde auch amtlich festgehalten, sie seien diejenigen, die Hülshoff genannt werden. Erst in den 70er Jahren wurde der Eintrag wieder aus dem Einwohnerregister entfernt. Die Hülshoffs hatten inzwischen andere Berufe als Landwirt. Lehrer zum Beispiel, oder Ingenieur. Oder Sozialwissenschaftler. Was aus dem Hof geworden ist, wissen wir nicht.

Abenteuer Kindheit

Trinker

In unserem Dorf gab es einen Mann, den alle kannten. Er lief mit einer Bierflasche durchs Dorf. Er lallte und brüllte jeden an, der ihm begegnete. Er tat das jeden Tag. Ich kannte nicht seinen Namen. Meine Eltern sagten, er habe zu viel Bier getrunken, der Arme.

Meine Eltern luden Nachbarn ein. Ich war der Kellner. Ein Kinderspiel. Die Gäste bestellten Getränke. Ich holte sie aus dem Keller. Die Gäste lobten meine Arbeit. Es machte anfangs großen Spaß. Es wurde eine feuchtfröhliche Feier. Die Gäste bestellten immer wieder eine Flasche Bier. Manchmal auch mehrere.

Der Mann hatte zu viel Bier getrunken. Meine Eltern tranken Bier. Die Nachbarn tranken Bier. Noch lallten sie nicht. Noch brüllten sie nicht. Sie bestellten bei mir mal zwei Flaschen Bier. Manchmal auch drei. Ich holte sie aus dem Keller. Ich konnte damals noch nicht einschätzen, ob das viel war.

Irgendwann muss jedes Kind ins Bett. Der Mann hatte zu viel Bier getrunken. Darum lallte und brüllte er. Meine Eltern tranken Bier mit den Gästen. Ich war beunruhigt.

Mann mit Stock

In der Straße in unserem Dorf wohnte ein alter Mann. Zumindest vermutete ich, dass er in unserer Straße wohnte. Er ging sie oft herauf oder herunter. Sonst hätte er sich die Mühe nicht gemacht. Manchmal traf ich ihn auch woanders im Dorf. Zum Beispiel auf dem Weg zu meinem Kindergarten.

Der Mann konnte nicht gut laufen. Er stützte sich auf einen Stock und ging. Zentimeter für Zentimeter. Ein Fuß ging vor; der andere Fuß ging nach. Der Griff seines Stockes beschrieb eine Kreisbewegung bei jedem einzelnen Schritt. Es musste eine halbe Stunde gedauert haben, bis er unsere ganze Straße entlang gegangen war. Ich kannte nicht seinen Namen. Auf die Idee, einen Elektrorollstuhl zu bestellen, war er nicht gekommen. Vielleicht waren Elektrorollstühle auch noch nicht erfunden. Wenn er irgendwo hin wollte, musste er also gehen. Zentimeter für Zentimeter.

Eines Tages rief er mich zu sich. Er hatte noch nie mit mir gesprochen. Er gab mir einen Zehnmarkschein. Ich sollte beim Bäcker drei Flaschen Bier für ihn kaufen. Ja, beim Bäcker gab es Bier. Einen Altersnachweis brauchte man damals noch nicht. Ich besuchte damals die Grundschule. Hätte also keinen Altersnachweis bekommen. Die Bäckersfrau fragte vorsichtig nach. Das Bier sei doch hoffentlich für einen Erwachsenen? Es sei für den alten Mann mit dem Stock. Ich wisse leider nicht, wie er heiße. Die Bäckersfrau wunderte sich nicht.

Ich brachte dem Mann seine drei Bierflaschen und das Wechselgeld. Er freute sich. Meine Freunde erwähnten eines Tages, dass der Mann immer Kinder anspreche, sie sollten ihm Bier holen. Ich hätte erwähnen können, dass ich für ihn Bier geholt hatte.

Geheimfach

Eigentlich war fünf D-Mark der größte Münzwert. Zehn D-Mark gab es höchstens als Gedenkmünzen. Auf der Umschlagseite der „Prisma" wurde jedes Jahr eine Gedenkmünze vorgestellt. Roberts Oma sammelte Gedenkmünzen. Sie sollten wertvoller werden im Laufe der Zeit. Als Oma starb, erbte Robert eine Kladde mit Gedenkmünzen. Die Sammlung gefiel ihm. Er schaute im Katalog nach. Er rechnete zusammen: vierhundert Mark seien alle Münzen insgesamt wert.

In Roberts Zimmer stand ein Wohnzimmerschrank. Er war nicht alt. Er war nicht neu. Er hatte dem Ehepaar gehört, von dem sie das Haus gekauft hatten. Schön war der Schrank nicht. Breite Pfeiler gaben vor, aus massivem Holz zu sein. Und waren doch nur hohle Kästen aus Spanplatten mit einem Furnier aus Kunststoff. Am rechten Pfeiler konnte man die vordere Blende nach oben schieben. Das ging ganz leicht. Der rechte Pfeiler war Roberts Geheimfach.

Die Kriminalität in Roberts Dorf war sehr gering. Alle paar Jahre las man davon in der Zeitung. Und doch hatte Robert das Gefühl, achtgeben zu müssen. Wenn er mal sein Sparbuch und zwanzig Mark dabei hatte. Beides gleichzeitig. Auf dem Weg zur

Sparkasse. Das Haus seiner Eltern war der sicherste Ort, den er sich vorstellen konnte. Und selbst dort wollt er seinen Schatz an einem besonders sicheren Ort aufbewahren. Kein Einbrecher hätte jemals die Münzsammlung im Geheimfach vermutet. Es war der wertvollste Gegenstand in Roberts Zimmer. Alles andere von Wert hätte er zur Bank gebracht.

Robert zog aus, um zu studieren. Das Haus seiner Eltern blieb der sicherste Ort, den er sich vorstellen konnte. Noch sicherer war nur das Geheimfach am sichersten Ort, den er sich vorstellen konnte. Eines Tages stand ein neuer Wohnzimmerschrank in seinem Kinderzimmer. „Der alte Schrank war so oll!", sagten seine Eltern. Eine soziale Einrichtung hatte ihn abgeholt. Das Möbelhaus hatte einen neuen Schrank geliefert. Das Geheimfach war aus den Augen und aus dem Sinn. Nach zwei Jahren fiel es Robert wieder ein. Mit Omas Münzsammlung.

Vollbremsung

Ich sah sie immer öfter. Das verstieß gegen jegliche Erfahrung: Menschen fuhren auf zwei Rädern und fielen doch nicht um. Oder mit dem Motorrad.

Die Nachricht traf mich wie ein Schlag: Susanne konnte Fahrrad fahren. Susanne war meine beste Freundin. Und ein Jahr jünger als ich. Tagelang hatte ich mit Papa geübt. Ohne Erfolg. Danach brauchte ich nur noch einen Tag. Und fuhr wenige Tage später schon schnell.

Die Straße hinunter. Sie war leicht abschüssig. Kinder müssen auf dem Bürgersteig fahren. Das ist Vorschrift. Die Straße hatte eine langgezogene Rechtskurve. Eine hohe Hecke nahm mir die Sicht. Ich sah den Nachbarn erst im letzten Augenblick.

Der Hinterreifen quietschte. Er rutschte über die Platten des Bürgersteigs. Das Fahrrad kam noch vor dem Nachbarn zum Liegen. Ich lag neben ihm. Auf dem Bauch. Unverletzt. Aber ich fühlte mich nicht gut. Ich war zu schnell gefahren.

Schullandheim

Im fünften Schuljahr fuhren wir mit der Klasse für eine Woche ins Schullandheim. Meine Zimmernachbarn hatten einen Kassettenrecorder und Hörspiele mit ins Zimmer gebracht: „Die Rückkehr der Mörder-Mumie" und „Die Insel der Zombies". Ein Genre von Hörspielen, das ich zu Hause nie hörte. In meinem Kopf setzten sich die Horrorgeschichten fort. Ich konnte nicht schlafen. Sofern ich überhaupt hätte schlafen können bei dem Lärm. Am ersten Abend weinte ich heimlich. Eigentlich war es schon Nacht.

An jedem Tisch saßen sechs Schulkinder. Es gab Schnitzel. Auf jedem Teller waren sechs Schnitzel. Einer meiner Mitschüler nahm zwei Schnitzel. Ich war verblüfft. Das verstand ich nicht. Ein anderer würde keines bekommen.

Dummes Pferd

Peter machte einen Spaziergang mit Oma. Er war vier Jahre alt. Omas Wohnung lag an einer Pferdeweide. Deshalb hatte Oma meistens etwas dabei, um das Pferd zu füttern. Diesmal waren es Zuckerstückchen. Weder Peter, noch Oma trauten sich, das Pferd aus der Hand fressen zu lassen. Deshalb legte Oma die Zuckerstückchen auf eine Plastiktüte und schob sie unter dem Weidezaun hindurch. Das Pferd fraß beides: den Zucker und die Tüte. Oma versuchte noch, dem Pferd die Tüte unter dem Zaun hindurch wegzunehmen. Aber das Pferd ließ sich keinen einzigen Bissen der vermeintlichen Süßspeise streitig machen. Peter weinte. Nicht deshalb, weil das Pferd etwa krank werden oder gar sterben könnte. Soweit dachte er nicht. Sondern weil es Omas Tüte gefressen hatte. Das sollte es nicht.

Ohrfeige

Ausgerechnet Fabian! Wenn es irgendwo Ärger gab, hielt Andi sich lieber zurück. Die Anzahl seiner Prügeleien im Laufe des Lebens konnte er an zwei Fingern abzählen. Die zweite war mit einem Nachbarn in seiner Straße – einem Freund eigentlich. Danach hatten die neuen Roller-Skates einige Löcher. Er hatte den Stoff auf dem Asphalt durchgeschliffen. Die erste war im Kindergarten.

„Fabian ist der stärkste Junge im ganzen Kindergarten", hatte ihm einer seiner Freunde respektvoll zugeraunt. Fabian ging man am besten aus dem Weg. Andi weiß noch genau, dass es vor der Tür seiner Kindergartengruppe passierte. Fabian hatte Streit gewollt. Ausgerechnet Fabian! Worum es ging, weiß Andi schon gar nicht mehr. Andi war nicht bereit, diese Frechheit hinzunehmen. Fabian wollte prügeln. Andi erhielt einen Adrenalinstoß. Er gab Fabian präventiv und halbherzig eine Ohrfeige. Es war kein harter Schlag. Aber Fabians Nase begann zu tropfen. Erst nur ein wenig, dann immer mehr. Er bekam Nasenbluten. Ein Phänomen, von dessen Existenz Andi in diesem Augenblick erfuhr. Fabian schien gar nicht mal überrascht zu sein. Andi erwartete tatenlos seine Strafe. Es war nur eine Frage der Zeit, bis die Erzieherinnen davon erfahren würden.

Die Erzieherinnen haben den Vorfall nie erwähnt. „Du hast Fabian Nasenbluten geschlagen", raunten die anderen Kinder Andi respektvoll zu. Fabian belästigte Andi nie wieder. Er war danach sogar fast freundlich.

Bauer Noldens Sohn

Der Sohn von Bauer Nolden musste wohl schon achtzehn Jahre alt sein. Zumindest dachte Andi das, weil er schon Auto fuhr. Wenn Andi mit seinem Freund Bodo spielte, hatte der Sohn von Bauer Nolden immer irgendetwas dagegen. Das sei verboten, das sollten sie nicht, sie sollten verschwinden. Oder Schlimmeres. Einmal hatten sie versucht, sich bei seinen Eltern zu beschweren. Sie klingelten bei Bauer Nolden. Es öffnete der blöde Sohn. Sie trugen ihre Beschwerde nur halbherzig vor. Der Sohn von Bauer Nolden bat gönnerhaft an, dass sie diese Woche alles tun durften, was sie gewöhnlich taten. Es war hoffnungslos. Sie ließen sich abspeisen.

Einmal ging Andi zu Fuß an der Weide von Bauer Nolden vorbei. Der Sohn von Bauer Nolden fuhr mit einem VW Käfer und sah ihn. Das hätte nicht passieren dürfen. Er fuhr mit dem Käfer auf Andi zu. Bremste erst kurz vor dem Weidezaun. Andi wich erschrocken zurück und war zwischen der Stoßstange und dem Weidezaun – nun ja, nicht richtig gefangen. Aber er fühlte sich so. Der VW Käfer rangierte noch ein paarmal zurück und wieder vor. Dabei zielte er auf Andi und bremste kurz vor dem Weidezaun. Er machte das noch drei- bis viermal. Der Sohn von Bauer Nolden lachte. Er weidete sich an Andis Angst. Nach Andis Erfahrung war ein Auto viel schneller als ein Fußgänger. Dass ein imaginärer Wettkampf eines rückwärts rangierenden Fahrzeugs gegenüber einem gesunden Kind innerhalb einer Ortschaft auch zu Gunsten des Fußgängers ausgehen könnte, kam Andi nicht in den Sinn.

Nach einer Weile ließ der Sohn von Bauer Nolden lachend von ihm ab. Warum die Geschichte hier endet? Andi musste den Vorfall noch am selben Tag vergessen haben. Vorerst.

Schäferhund

Der Schäferhund war ziemlich groß. Er gehörte irgendjemandem in der Nähe des Bäckerladens. Ich wusste, dass es ihn gab. Aber er sollte mir nicht allein begegnen.

Ich hatte meine Kindergartentasche mit dem Pausenbrot umgehängt. Lag es daran? Es schien, als folge er mir überallhin. Ich ging rechts neben dem Auto vorbei. Er begegnete mir rechts neben dem Auto. Ich ging links vorbei. Er begegnete mir auf der linken Seite. Ich versuchte es noch zweimal.

Diesmal schaute ich nicht zurück. Hoffte, dass er mir nicht bis zum Kindergarten folgte. Und wenn doch, dann wollte ich es nicht wissen.

Kuchenpapier

Die Bäckersfrau rollte ein Papier um die Pappe mit den Tortenstücken herum. Für mich war es eine Tüte. Wenn die eine Seite offen war, musste die andere Seite geschlossen sein.

Ich hatte Kuchen vom Bäcker holen sollen. Ich war schon ein großer Junge und traute mir zu, den Einkauf ganz alleine zu erledigen.

Die Tortenstücke fielen auf den Boden des Bäckerladens. Ich begann zu weinen. „Oje, jetzt ist alles heruntergefallen", sagte die Bäckersfrau, „weil ich die falsche Tüte genommen habe." Das war geheuchelt. Schließlich hatte ich mich einfach dämlich angestellt. Ich hatte nicht verstanden, dass das Kuchenpapier seitlich offen war.

Die Bäckersfrau holte neue Tortenstücke und packte sie in eine geschlossene Tüte. Ich ging also mit den gewünschten Kuchenstücken nach Hause. Sie hätte mir die heruntergefallene Torte berechnen müssen. Ich fühlte mich nicht gut. Ich habe das Missgeschick nie erwähnt.

Böser Bauer

Ich hatte mich wahnsinnig auf meinen ersten Klassenausflug in der Grundschule gefreut. Schon am Abend meinen Rucksack gepackt und mir ein Schildchen geschrieben, dass es heute einen Ausflug gibt. Ich wollte sofort beim Aufwachen vorbereitet sein. Natürlich hatte ich den Ausflug über Nacht nicht vergessen.

Es wurde eine rundum unspektakuläre Wanderung über Wirtschaftswege in landwirtschaftlich genutztem, flachem Gelände. Das Spektakulärste am Ausflug war ein Picknick an einem kleinen Wäldchen. Inmitten des Wäldchens war ein kleiner Teich mit einem Holzsteg. Leider durfte man sich ihm nicht nähern. Denn es stand dort ein Schild mit der Aufschrift: „Betreten verboten! Eltern haften für ihre Kinder!"

Ein frecher Junge hatte seine Saftflasche nach dem Austrinken in den Teich geworfen. Der Lehrer ordnete eine Kette an, die den Jungen festhalten sollte, damit er nicht in den Teich fiel. Der freche Junge fischte mit einem Ast die Saftflasche aus dem Teich. „Pass auf, dass die Flasche, die im Wasser liegt, nicht Christian heißt!", ermahnte der Lehrer ihn zur Vorsicht.

Nach einigen Tagen fuhr ich mit zwei Freunden und unseren Fahrrädern an denselben Ort. Diesmal missachteten wir das Schild von Anfang an. Wir spielten gleich auf dem Holzsteg. Ein Bauer fuhr mit seinem Land Rover vor. Er versperrte uns den einzigen Weg, der aus dem Wäldchen mit dem See hinaus führte. Aus dem Kofferraum sprang ein Schäferhund. Er rannte auf uns zu. „Schnell! Die Geruchsspuren verwischen, damit er uns nicht findet!", meinte mein Freund Robert wissend, und wischte Wasser mit einem Ast über den Steg. Der Hund war nun schon so nah, dass wir uns gegenseitig deutlich sehen konnten.

Der Bauer war wütend. Er deutete auf die geöffnete Hecktür seines Geländewagens. Wir sollten einsteigen und mit ihm zur Polizei fahren. Hätten wir denn nicht gelesen, dass das Betreten verboten sei? Wir erschraken. Wollten nicht mitfahren. Der Bauer sagte gönnerhaft, dass er auf die Anzeige bei der Polizei verzichten würde. Wenn wir denn schnell verschwinden würden. Wir setzten uns auf unsere Fahrräder und rasten nach Hause. Erzählten lieber nichts von unserem Vergehen.

Guido war etwas einfältig. Er erzählte die Geschichte im Stuhlkreis in unserer Grundschulklasse. Ich wollte ihm ein Zeichen geben, es doch lieber für sich zu behalten. Aber er hörte nicht auf mich. So erfuhren es auch meine Eltern. „Was war das denn für ein böser Bauer, der euch erschreckt hat?", fragte mein Vater. Ich fühlte mich ertappt.

Adler

In meiner Kindheit hatte ich mehrere Drachen. „Adler" war der größte von ihnen. Und der größte im Katalog des Herstellers. Das Tier war farbig auf transparente Kunststofffolie gedruckt. Ich hatte eine lange Schnur. Ließ den Adler hoch über unserem Dorf schweben. Genauer gesagt neben dem Dorf. Wegen der langen Schnur hatte ich eine große Weide am Rande unseres Dorfes gewählt. Sicherheitshalber.

Die Schnur riss. Der Adler landete auf dem Gelände der städtischen Kläranlage. Zwar neben dem Becken. Aber das Gelände war umzäunt. Ich sah den Adler nie wieder.

Pfannkuchen

Nach der Schule gingen Paul und ich zu Norbert. Wir waren im zehnten Schuljahr und wollten an unserem Projekt weiterarbeiten. Danach sahen wir uns Videos an. Norberts Mutter buk für jeden von uns einen Pfannkuchen. Es schmeckte uns. Ich fragte mich, wann sie den zweiten oder dritten Pfannkuchen servieren würde. Aber es gab keinen. Paul und Norbert erwähnten nichts. Also fragte ich nicht danach. Paul und Norbert waren schlank und sportlich. Ich war dick und rund. Ich hätte gerne mehr Pfannkuchen gegessen. Ich ahnte, dass es einen Zusammenhang gab.

Sankt Martin

Peter besuchte die erste Klasse der Grundschule. Am Martinsumzug seines Kindergartens wollte er trotzdem wieder teilnehmen. Seine Laterne vom Vorjahr hatte er sorgfältig aufbewahrt.

Seltsamerweise war er der einzige Erstklässler, der mit seinem damaligen Kindergarten mitging. Nach einer Weile kamen zwei seiner Freunde hinzu. Sie hatten keine Laternen dabei, und sie hielten Sicherheitsabstand. Peter bekam mit, wie sie sich über die kleinen Kinder mit Laternen lustig machten.

Peter schämte sich vor seinen Freunden. Er ging nie wieder zum Laternenumzug.

Später wurde er Lehrer. Er arbeitete in einer Schule im westlichen Rheinland, wo selbst die Oberstufenschüler des Gymnasiums jährlich zum Laternenumzug abkommandiert wurden. Er nahm wieder am Laternenumzug teil. Schließlich wurde er für seine Arbeit bezahlt. Aber ein wenig schämte er sich noch immer.

Plastikbecher

Ich vermisste meinen gelben Plastikbecher. Er gehörte zu mir wie meine Nase oder meine Ohren. Der Becher war fast so alt wie ich selber. Ein schwarzroter Hahn verzierte beide Seiten. Der Hahn hatte eine grobe Textur und unrealistische Farben. So wie viele Designs in den 70er Jahren. Sein dicker Becherrand aus Kunststoff nahm es nicht krumm, wenn man beim Trinken einmal herzhaft hinein biss.

Ich war schon zwei bis drei Jahre alt. Also ein großer Junge im Vergleich zu meinem kleinen Bruder. Der war noch ein Säugling. Trinken konnte ich schon lange allein. Eine Familienfeier im schicken Restaurant. Ich weiß genau, dass ich an der Kopfseite saß. Dort thronte ich wie ein Familienoberhaupt. Der Kellner servierte den Apfelsaft stilvoll. Im Stielglas.

Ich bekam einen Riesenschreck. Ich spuckte die Scherben auf die Tischdecke. Um mich herum nur entsetzte Mienen. Man biss einfach nicht in ein Glas, während man trank. Habe ich in diesem Augenblick gelernt. Die Aufregung um mich herum verstand ich nicht ganz. Niemand beschwerte sich über den angerichteten Schaden. Nicht einmal der Kellner.

Meinen gelben Plastikbecher habe ich niemals mehr gemocht. Als in diesem Augenblick. Doch biss ich nie wieder hinein. Höchstens zärtlich. Der Hahn grüßte mich freundlich.

Freizeitkapitäne

Sturm

Onkel Gerald und sein Kumpel mussten sich sputen. Die Gewitterwolke raste schwarz und bedrohlich auf sie zu. Und sie hatten noch fast die Hälfte des Sees vor sich, wenn sie die Anlegeboje rechtzeitig erwischen wollten. In den 1960er Jahren hatte Onkel Gerald ein kleines Segelboot. Sein Kumpel Günter war zwar brennend interessiert. Hatte aber keine Ahnung vom Segeln.

Der britische Armee-Yachtclub hatte eine kleine Gruppe von Booten für eine Regatta versammelt. In ihrer Bucht sah die Cumulonimbus-Wolke wahrscheinlich noch ganz harmlos aus. Man sah nur ein kleines weißes Eckchen. Da hinten im Sauerland regnete es schon. Ein blickdichter weißer Schleier.

Das Anlegen an Geralds Bojen-Liegeplatz war nicht einfach. Günter wusste nie, worauf es ankam. Gerald hat es mehr oder weniger allein geschafft. Jetzt mussten sie noch zum Anleger rudern. Die Boje konnte man nur auf dem Seeweg erreichen. Eddi ruderte mit einem kleinen Boot heran. Das machte er immer. Der Sohn des Segellehrers brachte die „Kunden" seines Vaters zu ihrer Boje. Und auch wieder zurück. Obwohl er nie Geld verlangte, gab Gerald ihm meistens fünfzig Pfennig. Eddi machte das gut.

Die Böenwalze rollte auf Geralds Jolle zu. Die Regatta war gerade voll im Gange. „Versteh' einer die Engländer!", dachte Gerald. Er hatte andere Sorgen. Der Sturm brach los. Eddi wurde panisch. Er hörte auf zu rudern. Bald hätte er die Boje erreicht. Hätte er. Wenn er denn weiter gerudert hätte. Er schrie nur noch. Gerald tat der Kleine leid. Er sprang ins Wasser und schwamm zu Eddis Ruderboot. Jetzt ruderte er das Boot selbst zu seiner Jolle. Günter stieg ein. Eddi brauchte nur noch zuzusehen. Hatte sich schon etwas beruhigt. Wind und Wellen warfen das Ruderboot hin und her. Mit den Bäumen, die das Seeufer säumten, tat der Sturm das Gleiche. Endlich hatten sie das Ufer erreicht. Die Briten waren jetzt fast mitten auf dem See. Die Masten fielen wie Dominosteine. Einer nach dem anderen kenterte. Eddi, Gerald und Günter hatten endlich festen Boden unter den Füßen. Die Briten hatten doch hoffentlich ein Motorboot?

Aufmerksamer Beobachter

Sie war einverstanden. Onkel Gerald traute seinen Ohren kaum. Er hatte in den 1960er Jahren ein kleines Segelboot. Diesmal hatte er ein Mädchen zum Segeln eingeladen. Auf diese Weise wollte er sie näher kennen lernen. Als sie am See ankamen, merkte er, dass der Sturm viel zu stark war. Da würde sie sich erst gar nicht auf das Boot trauen. Hatte er gedacht. Mädchen hatten doch immer Angst. Doch sie war offensichtlich bereit, mit dem Boot auf den See zu fahren. Sollte er jetzt kneifen, wo sogar ein Mädchen keine Angst hatte? Das konnte Onkel Gerald nicht auf sich sitzen lassen. Er machte seine Jolle fertig. „Bei diesem Wetter kann man nicht segeln, Gerald. Lass es sein!" Er hörte nicht auf die Stimme der Vernunft.

Es kam, wie es kommen musste. Auf dem See warf der Sturm den Mast um. Das Boot kenterte. Es ragte nur wenig aus dem Wasser. Sie blieben beim Boot. Schafften es nicht, es wieder aufzurichten. Das ging mit Geralds Boot nie. Man musste sich ans Ufer treiben lassen. Das Boot zu verlassen – viel zu gefährlich! Schwimmer kann man schlechter sehen als ein Boot. Ruhe bewahren! Am Boot festhalten! Warten – sehr lange warten!

Zwei Männer kamen mit einem Kutter. Sie wollten helfen. „Wie habt ihr uns gefunden?", fragte Gerald. „Mein Boot ragt kaum zwanzig Zentimeter aus dem Wasser!" Der Helfer lachte: „Wer bei diesem Wetter segelt, der ist nicht ganz dicht. Nur Idioten segeln bei so einem Sturm. Habe ich gerade zu Josef gesagt und auf das Segelboot zeigen wollen. Es war kein Segel mehr zu sehen. Da wussten wir, dass das Boot gekentert ist."

Rundreise

„Du hast ja deinen Erste-Hilfe-Kurs gemacht", sagte mein Vater, „kümmer' du dich mal um den Verletzten. Wir schieben in der Zeit das Boot auf den Anhänger." Es stimmte, den Erste-Hilfe-Kurs hatte ich schon. Den Führerschein noch nicht. „Wie ist denn das passiert?", fragte ich den Mann mit dem offenen Schienbeinbruch. Er saß irgendwie unpassend auf der Straße. Aber der Verkehr konnte gerade sowieso nicht fließen. Es musste höllisch wehtun. Noch dazu konnte sich der Knochen entzünden, der so aufdringlich durch die Haut stach. „So ein Mist. Nächste Woche habe ich Gesellenprüfung", sagte er. „Daraus wird nichts", wollte ich sagen. Doch ich beherrschte mich und schwieg. „Also wie das passiert ist: Wir wollten das Boot aus dem See ziehen. An der Slip-Anlage. Aber wir waren nicht die Einzigen heute Abend. Hinter uns waren noch zwei andere. Wir haben uns dann eben beeilt. Jörg ist gefahren, und ich habe die Segel eingeholt." „Ganz schlechte Idee!", dachte ich. Aber er war nicht der einzige schlechte Segler heute.

„Deinen Segelschein hast du wohl im Lotto gewonnen!", hatte mein Segellehrer durch das Megaphon gebrüllt. Wie peinlich! Und das vor meinem Kumpel, wenn ich das erste Mal mit ihm segle. Okay, ich hatte mich etwas dämlich angestellt beim Kreuzen im engen Becken am Anleger. Das war noch kein Grund, mich so zu blamieren. Aber die Worte waren gesprochen. Wir waren drei Stunden gemütlich gesegelt und hatten dann angelegt. Angelegt sogar zur Zufriedenheit meines Segellehrers. Mein Vater hatte uns mit dem Auto hingefahren. Mein Vater holte uns wieder ab. Weit kamen wir nicht.

Auf dem Kreisverkehr lag ein Segelboot mit Kajüte auf der Straße. Mit aufgestelltem Mast und gesetzten Segeln. „Ein Jollenkreuzer!", dachte ich. Im Geiste war ich das Segel-Lehrbuch durchgegangen. „Was hat ein Jollenkreuzer mitten auf der Straße im Kreisverkehr zu suchen?" Ein Jollenkreuzer hat eine Kajüte, einen hohen Mast und ein Schwert. Einen schweren Kiel hat er nicht. Die Geradeausfahrt hatte gerade noch geklappt. Im Kreisverkehr hatte der Mast Bekanntschaft mit den Naturgesetzen gemacht. Sich nach außen geneigt. Jörg hatte es eilig. Die anderen wollten auch an die Slip-Anlage. „Eben schnell auf den Parkplatz neben dem Kreisverkehr", dachten sie. „Dort machen wir den Rest." Den Parkplatz erreichten sie nicht mehr. Der Mast neigte sich nach außen. Der Anhänger konnte das Boot nicht mehr halten. Es kippte um und fiel auf die Straße. Der Mann, der oben auf dem Boot gestanden hatte, um die Segel zu bergen, erreichte die Straße zuerst. Das Boot landete auf seinem Schienbein.

In die Luft gehen

Polizeieinsatz

Andis erste Außenlandung mit einem Segelflugzeug war ein richtiger Kracher. Mit Polizeieinsatz. Wenngleich sich die Beamten nur im Zeitlupentempo aus ihrem Büro herausbewegten. Schließlich musste erst einmal telefonisch ermittelt werden, was es mit dem Notruf auf sich hatte. Ein Segelflugzeug sei im Bayerischen Wald verunglückt.

Andis Überlandflug lief zunächst recht gut. Dann machte er einige kleine Fehler und hatte immer weniger Höhe. Einmal sah er unter sich auf einem kleinen Hügel, wie eine Frau Wäsche auf die Leine hing. „Das sieht erstaunlich nah aus", dachte er. Er hatte wirklich nicht mehr viel Höhe. Nicht so günstig, denn ein Segelflugzeug hat – wirklich – keinen Motor. Es kann nur Höhe „tanken" und diese in Geschwindigkeit bzw. Strecke umsetzen.

Andi setzte die wenige Höhe erstmal in Strecke um. Auf der Wäscheleine konnte er nicht landen. Er flog ins Tal und hatte dort etwas mehr Höhe über Grund. Aber es half nicht. Er musste auf einem Acker landen. Viele Möglichkeiten gab es nicht. Der Bayerische Wald besteht überwiegend aus Wald. Wie der Name schon sagt.

Eine frisch gemähte Wiese gab es dann doch. Sie war leider nur 170 Meter lang. Ein Segelflugplatz hat üblicherweise 800 Meter. Aber zum Landen braucht man, wenn man sich geschickt anstellt, etwa 150 Meter. Kurz vor dem Aufsetzen ein Seitengleitflug, ein sogenannter „Slip". Das Flugzeug flog etwas schräg zur Seite, um stärker zu bremsen. Nach dem Aufsetzen rutschte und drehte sich das Hauptfahrwerk auf dem rutschigen, frisch abgemähten Heu. Das Flugzeug blieb mitten auf der kurzen Wiese stehen. Andi telefonierte mit den Vereinskameraden am Flugplatz. Sie kamen mit einem Flugzeuganhänger und holten ihn ab. Noch während sie das Flugzeug verluden, etwa drei Stunden nach der Landung, erschien ein Polizeifahrzeug. Die eifrigen Beamten hatte das „verunglückte" Flugzeug gefunden. Da es schon demontiert war, sahen sie nicht, ob es denn verunglückt sei oder noch intakt. „Grüß Gott!", sagte der eine. „Wir bräuchten äinmol den Piloten." Nach einer Ausweiskontrolle fuhren sie beruhigt in ihre Dienststelle zurück.

Reißleine

„Die Reißleine ziehen", heißt es im Volksmund. Dabei sagten „Reißleine" nur Leute, die keine Ahnung hatten. Vom Fallschirmspringen. Oder Anfänger waren. Nun, das war ich wohl, ein Anfänger. Nur Anfängerfallschirme hatten Reißleinen. Meiner bekam jetzt eine.

Als Anfänger hatte ich Fallschirmspringen mit automatischen Fallschirmen geübt. Nun sollte ich beweisen, dass ich einen manuellen Fallschirm bedienen konnte. Kurz nach dem Absprung aus dem Flugzeug. Etwa drei Sekunden danach. Man musste stabil fallen, direkt nach dem Absprung. Auf dem „relativen Wind". Der weht erstmal von vorn. Der Springer beschreibt eine Parabel und fällt am Ende senkrecht nach unten. Wird dabei gleichzeitig schneller. Der Fahrtwind weht mit circa 130 Kilometern pro Stunde, wenn das Flugzeug Springer absetzt. Im freien Fall fliegt man dann etwa mit 180.

So ganz traute mein Sprunglehrer mir damals noch nicht. Gott habe ihn selig. Er kam vor zwei Jahren bei einem Unfall ums Leben. Er war ein umsichtiger und höflicher Mensch. Also bekam ich einen automatischen Fallschirm. Die Aufziehleine wurde im Flugzeug eingehakt. Sie zog den Fallschirmrucksack auf, den man Container nennt. Dabei würde ein kleiner Hilfsfallschirm freigegeben. Er würde mit Federkraft in den Luftstrom springen. „Wenn der Hilfsschirm aus dem Flugzeug fällt, können zwei starke Männer ihn nicht festhalten. Sie würden mit dem Schirm aus dem Flugzeug geweht", hatte der Sprunglehrer gesagt. Der Hilfsschirm zieht den eigentlichen Fallschirm in die Länge, der sich dann öffnet.

Nun sollte ich beweisen, dass ich es konnte. Aus dem Flugzeug hüpfen, eine stabile Freifalllage einnehmen. Innerhalb der ersten drei Sekunden mit der rechten Hand rechts unten an den Rucksack greifen. Gleichzeitig mit der linken Hand vor den Kopf. Sonst dreht der Fahrtwind den Springer auf die Seite. Es ist eine asymmetrische Lage. Aber die Kräfte halten sich die Waage. „Ausgleichsbewegung" nennt man das. Ich würde einen Griff aus dem Container ziehen, so als würde ich meinen Fallschirm auslösen. Ich würde den Griff in die Kamera halten. Und möglichst dabei lächeln. All das sollte auf den ersten drei Sekunden zu sehen sein. Länger würde die Kamera mich nicht sehen. Ein anderer Springer filmte meine Performance mit einer Helmkamera. Er blieb im Flugzeug sitzen. Am Boden würde er das Video meinem Sprunglehrer zeigen.

Der wiederum würde mir dafür Noten geben. Für meine Darbietung.

Doppelt gemoppelt. Ich hatte einen automatischen Fallschirm, der von alleine aufgeht. Und ich zog einen Auslösegriff – eine Reißleine, wenn man so sagen will. Ein Auslösegriff, der aber nichts bewirken kann, weil er nicht angeschlossen ist. Nur verstaut, dort wo er hingehört. Und wo man ihn greifen kann. Doppelt gemoppelt. Und trotzdem ging der Fallschirm nicht auf. Kein Ruckeln, kein Öffnungsstoß. Das Flugzeug entfernte sich. Die Windgeschwindigkeit nahm zu. Ich flog meine Parabel. Nichts passierte, nur dass ich schneller fiel. Vielleicht ein „Hilfsschirm im Lee?" Eine der möglichen Öffnungsstörungen, die wir in der theoretischen Ausbildung simuliert hatten. So etwas kam fast nie vor. Aber wenn doch, so musste man wissen, was zu tun wäre. Nicht erst warten, bis in 235 Metern die Reserve automatisch aktiviert würde. Vier Sekunden vor dem Aufprall.

Ich fühlte mit der rechten Hand – die linke Hand brav zur Ausgleichsbewegung. Der Container fühlte sich kompakt und prall an. Der Hauptfallschirm war also noch drin. Ich spürte den Federhilfsschirm in der Hand. Der – was ich noch nicht wusste – mit seiner Spiralfeder in der Leine eingehakt war. Quasi

„rückwärts" zog. Oder es versuchte. Er hing noch am ersten Gummi. Damit waren die Leinen verpackt.

Ich spürte den Hilfsschirm mit seiner Feder kurz in meiner Handfläche. Und warf ihn kraftvoll weg. Das Gummi löste sich. Der Federhilfsschirm flog in den Luftstrom. Der Fallschirm ging auf. Endlich konnte ich entspannen. Die Aussicht genießen. Und ein wenig hin und her fliegen, bis ich mich auf die Landung vorbereiten musste. Ich ließ die Reißleine – den Griff – in meinen Sprunganzug gleiten. So hatte ich die Hände frei. Ein Flächenfallschirm fliegt so ähnlich wie ein Segelflugzeug.

Bergland

Dennis und ich suchten hektisch nach einer Möglichkeit, den Streckenflug mit unserem doppelsitzigen Segelflugzeug fortzusetzen. Das Wetter hatte so gut ausgesehen. Okay, am Anfang war es etwas mühsam gewesen, an Höhe zu gewinnen. Doch dann lief es eine Stunde lang prima. Wir passierten die Braunkohlegebiete mit den großen Löchern vom Tagebau. Wir flogen am Kraftwerk vorbei und tankten weiter Höhe. Bei etwas Wind findet man die Thermik leeseitig neben der Dunstwolke. Das muss man wissen, wenn man den Aufwind nutzen möchte. Es klappte.

Dennis hatte das primitive GPS und verglich es mit der Karte. Er musste die Position an den Zahlen ablesen. Er legte seinen Stift an den Koordinaten an. Ein "Moving Map" Display hatten wir nicht dabei. Wollten das schöne Wetter aber trotzdem nutzen.

Im Bergland lief es überhaupt nicht. Dabei war es dort sonst immer besonders gut. Wir schauten links, wir schauten rechts. Hätten unseren Kurs auch gern geändert. Wenn es irgendwo bessere Thermik gegeben hätte. Eine schöne Wolke fanden wir noch. Über ansteigendem Gelände. Wir hatten leider nur noch 800 Meter. Über dem Meeresspiegel. Das Gelände war schon fast 400 Meter hoch. Also nicht viel Luft unter dem Kiel. Würden wir die Wolke ansteuern, müssten wir über ansteigendes Gelände fliegen. Und hätten noch weniger „Arbeitshöhe" zum Manövrieren gehabt.

Wir wagten es nicht. Es wurde Zeit, eine Landemöglichkeit zu suchen. Zwischen den bewaldeten Bergen. Flugplätze gäbe es auch. Aber nicht da, wo wir uns gerade aufhielten. Ein Segelflugzeug hat in Deutschland die generelle Genehmigung, außerhalb von Flugplätzen zu landen. Was sollte man sonst auch tun? Wenn man keine Höhe mehr hat? Einen Motor gibt es schließlich nicht. Unsere Wahl fiel auf zwei Felder. Das eine war wahrscheinlich zu kurz, lief aber geradeaus. Das andere eine langgezogene Banane. Würde man die Banane in Längsrichtung schneiden, so hätte man eine wunderschön lange Piste. Damit würden wir auskommen. Dachten wir. Wir verloren weiter an Höhe. Mit dem guten Gefühl, eine sichere Landemöglichkeit gefunden zu haben. Hier würden wir sicher landen. Die Vereinskameraden zu Hause anrufen. Und unser Flugzeug schließlich im Anhänger verpackt nach Hause fahren.

Es kamen uns Zweifel. Von oben hatte die Banane noch flach ausgesehen. Wir würden bald den Landeanflug beginnen. Nun verstanden wir, warum der Acker eine Bananenform hatte. Eigentlich war er ein Halbkreis am Hang. Mit einem Berg in der Mitte. Landen kann man grundsätzlich nur bergauf. Seitlich am Berg – unmöglich! Das Flugzeug würde mit einer Tragfläche aufkommen und ein Rad schlagen. Dann wären wir zwar noch am Leben, aber das Flugzeug völlig zerstört. Auf der Banane konnte man nicht landen. Soviel stand fest. Die zweite Möglichkeit: der gerade Acker, der zu kurz war. Aus der Nähe sahen wir, dass er gerade von unten nach oben führte. Er war wahrscheinlich zu kurz. Aber die Schwerkraft würde uns bremsen. Wir flogen von unten an. Man holt noch aus, fliegt ein halbes Rechteck und dann geradeaus auf das Landefeld zu. Wie bei einem richtigen Flugplatz. Eine 90-Grad-Kurve in den Queranflug. Vor der nächsten 90-Grad-Kurve kam uns der nächste Hügel in den Weg. Wir mussten abkürzen. Die letzte Kurve in Landerichtung. Ich steuerte auf den zu kleinen Acker zu. „Das passt nicht! Das passt nicht!", schrie Dennis. Er steuerte im Geiste noch die Banane an. „Das passt!", erwiderte ich. Ein mittelmäßig weiches Aufsetzen. Die Radbremse hatte ich schon fast bis zum

Anschlag gezogen. Ein Ausrollen. Der nächste Querweg kam auf uns zu. Ich hatte gehofft, wir könnten darüber bis auf den nächsten Acker rollen. Doch ein Weidezaun und ein kleiner Graben versperrten den Weg.

Kurz vor dem Weidezaun ließ ich eine Tragfläche den Boden berühren. Das Flugzeug drehte sich um diesen Punkt. Und blieb stehen. Wenige Meter vor dem Weidezaun. Nichts kaputt. Wir stiegen aus. Es gab Augenzeugen. Das halbe Dorf war auf den Beinen. Alle liefen auf das Segelflugzeug zu, das am Berghang parkte. Unsere Landung schien das Ereignis des Jahrhunderts zu sein. „War kein Wind mehr?", fragte der eine. „Ist das Benzin alle?", fragte ein Kind. „Nein", antwortete ich, „ein Segelflugzeug braucht kein Benzin. Es hat ja auch keinen Motor."

Rentnerspaziergang

Eigentlich hatte sich Alfred auf seinen Ruhestand gefreut. Nicht nur wegen des Rentnerspaziergangs. Aber auch deswegen. „Nächste Woche gehe ich in Rente. Dann werd' ich auch immer jeden Donnerstagmorgen spazieren gehen. Bis jetzt ging das ja nicht", hatte er gesagt. Jeden Donnerstag trafen sich die Rentner unseres Sportvereins zum Rentnerspaziergang. Die meisten waren schon seit Jahren nicht mehr aktiv im Sport. „Wenn man nicht mehr kann, kann man doch trotzdem noch mitreden!", meinte Alfred. Alfred hatte sich auf angeregte Gespräche über alte Zeiten gefreut. Da gab es eine Menge zu besprechen: Die Vereinsgründung, die Wettbewerbe, die tollen Erlebnisse, die Jugendgruppe, die Feste und Feiern, die Frauen, die Kinder, das Wetter am vergangenen und das Wetter am kommenden Wochenende – und, und, und.

Zwei Monate später hatte Alfred seine Meinung radikal geändert. „Da geh' ich nicht mehr hin. Ich habe die Schnauze voll!", meinte er. „Aber warum denn?", fragte ich. „Der Werner, der Horst, der Otto – und alle anderen", seufzte Alfred, „sind keine zehn Meter gelaufen. Jeden Donnerstag. Keine zehn Meter, und sind schon im zweiten Weltkrieg. In Afrika, in Frankreich, in Italien, oder wo sie nicht alle waren. Es gibt kein anderes Gesprächsthema. Ich bin erst nach 45 geboren, aber die Alten – sie sprechen über nichts anderes als über den Krieg."

Regenschauer

Es schien keinen anderen Weg zu geben. Das hätten wir uns denken können. Die Wettervorhersage hatte auf eine schwache Kaltfront hingewiesen. Sie sollte das Vorhersagegebiet am frühen Abend von Westen nach Osten überqueren. Mit Schauern und Gewittern. Eventuell.

Bis dahin waren wir gut vorangekommen. Beim Streckensegelflugwettbewerb war ich mit Carl im doppelsitzigen Segelflugzeug unterwegs. Ein kleiner Dreieckskurs war vorgegeben — insgesamt knapp 250 Kilometer. Das würde noch vor der Front zu schaffen sein. Und wenn nicht, gab es genug Flugplätze oder flache Äcker, auf denen man würde landen können.

Da waren wir nun – auf dem zweiten Streckenflugabschnitt und kurz vor der zweiten Spitze des Dreiecks. Und hatten eine Schauerlinie vor uns. Nicht einzelne Schauer, sondern eine ganze Linie. Sie reichte vom südlichen bis zum nördlichen Horizont. Um dem vorgegebenen Streckenverlauf zu folgen, müsste man direkt hindurchfliegen. Oder eben abkürzen und direkt nach Hause zum Flugplatz. Der nächste Flugplatz lag hinter der Schauerlinie – dummerweise auf der anderen Rheinseite. Das könnte passen, vielleicht aber auch nicht. In den Rhein fallen wollten wir nicht. Wir flogen unentschlossen ein wenig an den Schauerwolken entlang. Wenigstens gaben sie uns thermischen Aufwind – zumindest auf dieser Seite.

Carl sah, dass die Schauerlinie an einer Stelle sehr dünn war. Darunter regnete es zwar, aber man konnte hindurch den blauen Himmel sehen. Das Flugzeug würde zwar außen nass werden, aber das würde es aushalten. Nach wenigen Minuten wäre es wieder restlos trocken vom Fahrtwind. Im Cockpit saßen wir trocken und warm. Da uns keine bessere Idee einfiel, flogen wir an der dünnen Stelle direkt durch die Schauerlinie. „Aua!", sagte Carl. „Ich habe gerade einen Schlag bekommen. Als ich das Metall angefasst habe. Die Wolken scheinen geladen zu sein." Nun blitzte und donnerte es – ausgerechnet an der dünnsten Stelle der Schauerlinie. Das hatte uns gerade noch gefehlt. Fliegen im Gewitter ist nicht lustig. Nicht nur wegen der Blitzschläge. Hauptsächlich wegen der Turbulenzen, der starken Auf- und Abwinde.

Die Wolke schien uns aufsaugen zu wollen. Das Flugzeug stieg immer schneller und würde bald von unten in die Wolke eintauchen. Um uns herum prasselte der Regen. Ich flog schneller, um mehr

Energie zu verbrauchen. Fuhr dann die Bremsklappen vorsichtig aus. Die Fahrwerkswarnung piepte. Und jetzt begann auch die Kollisionswarnung zu piepen. Ein roter Kreis mit durchbrochenen Pieptönen bedeutete doch „Achtung Seilbahn auf Kollisionskurs!", oder? Hier in 1000 Metern Höhe über dem Rheinland gab es keine Seilbahn. Nur Regentropfen, und davon eine Menge. Mit voll ausgefahrenen Bremsklappen und 200 km/h zeigte das Variometer endlich auf Null. Wir stiegen nicht mehr. Und wir sanken auch nicht. Wir flogen knapp unterhalb der Wolke.

Nach einigen weiteren Blitzen und Donnerschlägen wurde es heller. Umzudrehen hätte den Flug durch den Schauer nur verlängert. Wir flogen zurück in den Sonnenschein. Entfernten uns vom Gewitter und der ganzen Schauerlinie. Jetzt würden wir bequem weiter fliegen. Dachten wir.

Der Schauer hatte leider nicht nur unser Flugzeug nass gemacht. Die Landschaft um uns herum leider auch. Flächendeckend. Alle Wiesen und Äcker waren nass. Die Luft war absolut ruhig. Nicht eine Spur von thermischem Aufwind. Wie auch? Alles nass – müsste erst trocknen. Bei der Menge an Regentropfen, die wir abbekommen hatten, würde das so ein, zwei Stunden dauern. Noch 800 Meter Höhe – das reichte vielleicht bis zum nächsten Flugplatz – aber nur vielleicht. Davor lag noch der Rhein. Sollten wir in Ameisenkniehöhe das Wasser überqueren? Lieber nicht.

Als Streckensegelflieger beginnt man meist in 400 Meter Höhe mit der Suche nach einem Landeplatz. Wenn man vorsichtig ist. Wir würden noch mindestens fünfzehn Minuten gleiten können. Nun war fast direkt unter uns ein schöner Acker. Riesengroß und glatt. Direkt daneben eine Straße. Dort würden die Vereinskameraden hinfahren können mit Auto und Flugzeuganhänger. Wir würden das Flugzeug auseinanderbauen und in den Anhänger verpacken. Eine geübte Mannschaft schafft das in zehn Minuten. Und dann nach Hause fahren. Nur die Kollisionswarnung piepte immer noch: Achtung Seilbahn! Seilbahnen überall! Das nervte. Ausschalten konnte man sie nicht. Das war Absicht – man sollte sehen und gesehen werden! Nur noch 200 Meter Höhe: Zeit, den Landeanflug zu beginnen. Wie bei einem richtigen Flugplatz. Ein Kinderspiel!

Startunterbrechung

Ein Segelflugzeug startet meist an der Seilwinde. Seile können reißen. In diesem Fall landet das Segelflugzeug direkt geradeaus oder fliegt noch eine kleine Runde mit der wenigen Höhe. Flugschüler üben das so lange, bis sie es können.

Ich glaubte, ich hätte alles richtig gemacht. Das Seil war zwar nicht gerissen, aber die Winde zog immer langsamer. Die Kupplung der Winde ratterte immer lauter. Zur Seiltrommel hatte der Motor kaum noch eine Verbindung. Ich klinkte das Seil aus und wollte geradeaus landen. Leitete einen Seitengleitflug ein. Das Segelflugzeug wurde immer langsamer, mit der Nase nach oben.

Ich glaubte, ich hätte alles richtig gemacht. Einen tollen Slip vorgeführt. Die Bremsklappen ausgefahren. Ich leitete den Slip aus und steuerte geradeaus auf die Landebahn zu. Die dann nicht von vorn, sondern von unten auf mich zu flog. Sie kam viel zu schnell näher. Das würde nicht gut gehen.

Mit einem Schlag fuhr ich die Bremsklappen ein. Zog den Steuerknüppel bis zum Bauch. Kurz vor dem Augenblick, an dem ich den Aufschlag erwartete. Und landete weich. Der Flugleiter am Turm hatte sich vom Fenster weg gedreht. Er wollte den

Unfall nicht mit ansehen. Nach einer Weile sah er zum Flugzeugwrack. Es war noch heil. Der Pilot stieg aus.

Suchauftrag

Polizei hin oder her. Warum musste dieser Schussel seinen Hubschrauber ausgerechnet heute mitten durch die Platzrunde fliegen? So nah am Flugplatz? „Durch die Platzrunde fahren", wollte ich fast sagen. Das ist ein running gag unter Hobbypiloten, da doch jeder weiß, dass ein Hubschrauber „fliegt" und nicht „fährt".

Am Samstag hatte ich Startleiterdienst und sollte für meinen Verein Starts und Landungen koordinieren. Mit circa vierzig jugendlichen Flugschülern in Segelflugzeugen. Ein Geschicklichkeitswettkampf: „Jugendvergleichsfliegen." Die meisten Leute wissen gar nicht, dass man schon mit vierzehn Jahren allein ein Flugzeug lenken darf. Klar, mit Fluglehrer unten am Funkgerät. Er könnte theoretisch noch Tipps über Funk geben. Aber fliegen muss der Knirps dann allein. Da kann ihm niemand helfen. Beim Jugendvergleichsfliegen hatte ich den Eindruck, einen Sack Flöhe zu hüten. Einen Start und eine Landung nach der anderen. Es machte mächtig Spaß, aber anstrengend war es schon.

Die Flugschüler sollten durch die Turbulenzen nicht gefährdet werden. Ein Zusammenstoß mit Hubschrauberrotorblättern wäre auch nicht besonders toll. Würde der Hubschrauber mit dem Windenseil kollidieren, hätte er wiederum schlechte Karten. Die zwei Turbinen würden ihm dann auch nichts mehr nützen.

„Der Polizeihubschrauber in der Südplatzrunde bitte einmal melden, Besingen Segelflug", rief ich auf gut Glück ins Funkgerät. Vielleicht suchte er einen verloren gegangenen Psychiatriepatienten? Dann sollte er trotzdem auf meine Jungs und Mädels aufpassen. Die Flugplatzfrequenz sollte er schon eingestellt haben, wenn er so nah am Flugplatz vorbeiflog. „Besingen, hier ist Hummel sieben", kam die Antwort prompt zurück. „Hummel sieben" war schon ein putziger Name für einen Eurocopter. War es zu viel verlangt, ein offizielles Hubschrauberkennzeichen zu erwarten? Das würde in Deutschland bekanntlich mit „Delta Hotel" beginnen und mit drei weiteren Buchstaben im Nato-Alphabet enden. „Hummel sieben, was habt ihr vor?", fragte ich. Hobbyflieger duzten sich grundsätzlich. Dass ich es mit einem Berufspiloten zu tun hatte, der noch dazu Polizeibeamter war, hatte ich geflissentlich missachtet. „Soll er sich wenigstens ordentlich beim Flugleiter über Funk melden!", dachte ich.

„Hummel sieben, wir haben hier einen Suchauftrag in der Umgebung", antwortete er. Es tat gut zu wissen, dass er mich hörte, und zu wissen, was er vorhatte. „Okay, aber bitte nicht den Platz überfliegen. Zumindest nicht unterhalb von 500 Metern. Wir haben einen Segelflugwettbewerb mit Windenschlepp am Platz", benannte ich meine klare Erwartung an den verantwortlichen Verkehrsteilnehmer. „Wir bleiben südlich und achten auf Segelflug", antwortete er. Nach einer halben Stunde Fluglärm reichte ihm der Süden nicht mehr. „Wir müssten dann doch jetzt den Platz überfliegen." „Hummel sieben, wir halten den Windenschleppbetrieb jetzt an", antwortete ich. „Ein Segelflugzeug ist noch in der Platzrunde im rechten Gegenanflug. Das landet gleich." Wieder ein Höllenlärm. Diesmal im Norden. „Hummel sieben, wir beginnen wieder Segelflugbetrieb mit Windenschlepp in der Südplatzrunde. Bitte bleibt im Norden und meldet euch, wenn sich was ändert!" – „Danke, das machen wir." Der Sack Flöhe machte noch seine restlichen Flüge. Am nächsten Tag ging dann gar nichts mehr. Die Hummel wollte den ganzen Luftraum für sich haben. Aber die Flöhe hätten nur noch wenige Wettbewerbsflüge übrig gehabt. Diese Flüge fielen dann eben aus. Und ich hatte Sonntag sowieso keinen Startleiterdienst.

Abends beim Fernsehen erfuhr ich den Grund der Suche. Der elfjährige Nico wurde vermisst. Hummel sieben fand ihn nicht. Nico war seinem Mörder schon am Freitagabend begegnet.

Nicht zufrieden?

Ich wollte mir für mein Sport-Fallschirmsystem einen neuen Hauptschirm kaufen. Es gibt immer zwei: Den Hauptfallschirm, mit dem man immer springt. Und den Reserveschirm, den man fast nie benötigt. Nur im Notfall. Ein Vereinskamerad bot mir seinen gebrauchten Hauptfallschirm an. Er hatte sich ein schnelleres, sportlicheres Modell gekauft. Der alte war vollkommen in Ordnung. Ich durfte ein paar Probesprünge machen. Wir wurden uns einig. Ich war rundum zufrieden und bezahlte den verlangten Kaufpreis.

Kurze Zeit später war ich mit meinem Vierer-Team zum Training an unserem Sprungplatz. Der Fallschirm ging nicht auf. Hing wie eine Fahne langgestreckt an mir, bremste aber nicht. Einen besonderen Grund dafür gab es nicht. Nur einen statistischen: Statistisch ist jeder 1100. Fallschirmsprung einer, bei dem man den Reservefallschirm benötigt. Bei mir leider schon der 302-te. Ich trennte den Hauptfallschirm mit dem Trenngriff ab und zog den Reservefallschirm. Das hatte ich Hunderte Male geübt. Der Reservefallschirm flog fast so gut wie mein neuer Hauptschirm. Der gerade erst gekaufte

Hauptfallschirm flog weg. Er schwebte langsam davon, bevor er auf unwegsamem Gelände landete. Es würde schwierig werden, ihn wiederzufinden.

Die Vereinskameraden hatten den Vorfall von unten beobachtet. Ich lief nach der Landung zum Vereinsheim. Der Vereinskamerad, der mir den Hauptschirm verkauft hatte, saß in der Sitzgruppe. Er hatte alles beobachtet und grinste mich an: „Warst du nicht zufrieden?"

Schiedsrichtersorgen

Segelkunstflug-Weltmeisterschaft. Alle Küren und Wettbewerbsprogramme müssen innerhalb eines Würfels von einem Kubikkilometer gezeigt werden. Sonst geben die Schiedsrichter Punktabzüge. Weil sie die Wettbewerbsteilnehmer schlechter vom Boden sehen können. Außerdem wäre es gegen die Regeln, aus der „Box" zu fliegen.

Beim letzten Wettbewerbsflug war der Wind besonders stark. Es müsste schon ein Wunder geschehen, damit man in der Ein-Kilometer-Box bleibt. Noch dazu verhaspelte sich ein Teilnehmer bei einer Figur, die er eigentlich lange gegen den Wind fliegen sollte, um Strecke aufzuholen. Die letzten drei Figuren flog er deshalb im Lee. Weit außerhalb der Box. Vom Winde verweht sozusagen. Er konnte sich denken, wie schlecht die Schiedsrichter das bewerten würden.

Nach der Landung riefen die Schiedsrichter beim Flugplatz an. Ob er es noch geschafft hätte, zurück zum Flugplatz zu fliegen, um dort zu landen. Als ob sie ihn zusätzlich demütigen wollten. „Mir han uns scho' Sorge g'macht. Du warst so weit weg, dass wir di net mehr seh'n hebbe könnt' von de' Schiedsrichterlinie", erklärten sie am Abend.

Blickwinkel

Timmy wollte Segelkunstflug trainieren und ließ sich im Flugzeugschlepp auf die gewünschte Höhe schleppen. Er hatte schon die Funkfrequenz des Radarlotsen eingeschaltet und wollte die Freigabe zum Kunstflug einholen. Moni war seine Schleppilotin. Sie flog das Motorflugzeug noch nicht sehr lange, hatte aber in den letzten Monaten viel trainiert. Die Berechtigung zum Flugzeugschlepp erhalten. Timmy flog natürlich immer brav hinter dem Motorflugzeug her, um das Seil gerade zu halten. Und ohne Seildurchhang. Blauer Himmel. Nur eine einzige, dicke Wolke.

Moni steuerte genau auf die einzige Wolke zu. Sie wird sie doch gesehen haben? Timmy sagte nichts über Funk. Es würden alle Verkehrspiloten mithören, die gerade in der Nähe von Stuttgart unterwegs waren. Und der Lotse. Das wäre peinlich. So dumm konnte man gar nicht sein. Die Wolke war klar und deutlich zu sehen. Das Motorflugzeug gab natürlich die Richtung vor – anders geht es nicht.

Die Wolke kam näher. Zuerst schien es, als könnte der Schleppzug über die Wolke steigen. Doch mit einem Segelflugzeug im Schlepp stieg die Maschine

nicht so schnell. Flog eher langsam, mit Anstellwin-
kel: die Nase nach oben, das Heck nach unten. Moni
war eher klein. Vielleicht bräuchte sie ein Sitzkissen,
um besser über das Instrumentenbrett zu schauen.
Sie konnte in jede Richtung sehen. Nur nicht in die,
in die sie flog.

Das Schleppflugzeug tauchte genau in die Wolke
ein. Timmy klinkte sofort aus und flog weg. Timmy
war verwirrt. Er flog allein zum Flugplatz zurück.

Hoffnungsloser Fall

Fallschirmspringen kann man heutzutage auch im Windkanal. Wer sich nicht traut, aus einem Flugzeug zu springen, kann in einem von drei Windtunneln, die es inzwischen in Deutschland gibt, einen Teil dieses Erlebnisses genießen. Außerdem trainieren dort Spitzensportler für ihren nächsten Wettbewerb.

Wir hatten einem Kollegen einen Schnuppersprung zum Geburtstag geschenkt. Er war äußerst sportlich und trainiert. Einmal die Woche ging ich mit ihm in die Kletterhalle. Um sich nicht zu langweilen, wählte er immer einen Parcours mit mindestens zwei Stufen höherem Schwierigkeitsgrad als ich. Bei der Anmeldung füllte er ein Formular mit Gesundheitsfragen aus. Unfälle waren zwar äußerst selten, aber durchaus denkbar. Mein Kollege nahm es vielleicht etwas zu genau. Er schrieb: „Schulter: knackt, Knie rechts: vor 10 Jahren Kreuzbandriss, Knie links: leicht geschwollen, Fuß: verstaucht…" So ging es immer weiter. Jedes zweite seiner Körperteile schien defekt zu sein. Oder gab angeblich bedenkliche Geräusche von sich.

Eine Trainerin nahm das Anmeldeformular entgegen. Sie wusste wohl nicht, was sie mit diesem intensivmedizinischen Notfall anfangen sollte. Ich fasste zusammen, er sei eigentlich kerngesund und fit wie ein Turnschuh. Sie fragte ihn: „Willst du denn springen?" „Ja, natürlich!", antwortete er. Da händigte sie ihm Helm und Sprungkombi aus. Er durfte teilnehmen.

Wolken

Nach meiner Erfahrung bewegten sich Wolken mit dem Wind von Luv nach Lee – sollte es hier etwa anders sein? Ich zweifelte leicht am Geisteszustand meines Kunstfluglehrers, als er mich aufforderte, zu meinem ersten Alleinflug im Segelkunstflug zu starten. Eine hohe Wolkenwand stand an der gegenüberliegenden Seite des Berges. Gegenüberliegend im Vergleich zu der Seite, an der der Flugplatz war. Der Wind blies die Wolken genau in unsere Richtung. Spätestens in zehn Minuten würden wir im Nebel stehen. Oder kräftige Regenschauer über uns ergehen lassen. Der blaue Himmel mit Sonnenschein würde mich nicht täuschen.

„Du kannst fliegen!", erinnerte mich mein Ausbilder eine halbe Stunde später noch einmal. Die Wolken schienen sich Zeit zu lassen. Noch eine halbe Stunde später wurde er ungeduldig: „Warum fliegst du nicht? Hier ist alles blau!" Nach meiner Erfahrung bewegten sich die Wolken mit dem Wind von Luv nach Lee. Aber hier taten sie es nicht. Gemessen am frischen Wind hätten sie schon zehnmal hier sein müssen. Aber die Wolkenwand bewegte sich nicht von der Stelle. Sie erinnerte mich an eine – was es aber nur im Hochgebirge gibt – hier etwa auch?

Föhnmauer! Die Luft an der Windseite folgte der Kontur der Landschaft und wurde kälter. Die Feuchtigkeit kondensierte zu Wolken. An unserer – windabgewandten – Seite des Berges hatten wir schon etwa dreißig Meter weniger Höhe als der Gipfel. Die Luft war ein wenig abgetrocknet. Die Luft strömte durch die Wolken hindurch. Da sie aussahen wie thermische Hebungswolken, erkannte ich sie nicht. Zumal ich im Flachland lebe. Auf unserer Seite des Berges schien bis zum Abend die Sonne. Als ich das verstanden hatte, startete ich. Und wurde mit einem schönen Flug bei sehenswerter Wetterkulisse belohnt.

Chemiepark

„Die gute Nachricht ist: uns beiden geht es gut! Wir sind im Chemiepark", sagte Christoph am Telefon. Ich hatte seinen Anruf schon erwartet. Beim Streckensegelflugwettbewerb waren viele auf einem Acker außengelandet. Christoph und Robbi wahrscheinlich auch. Das Wetter war mäßig. Auf dem Rückweg hatten sie mächtig Gegenwind. So war die Wahrscheinlichkeit, die Rückreise auf dem direkten Weg zu schaffen, nicht gerade hoch. Die Kameraden, die um mich herumstanden, johlten, als ich „Hallo Christoph!" ins Telefon gerufen hatte. Christoph und Robbi also auch. Das würde wieder eine fröhliche Rückholtour werden.

Für mich war es nicht so lustig. Dass es den beiden gut ging, davon war ich ausgegangen. Sport, insbesondere ein Wettbewerb, soll schließlich Spaß machen. Die beiden Teamkameraden, die an diesem Tag dran waren, würden ihren Spaß haben. Und wir würden auf ihren Anruf warten – oder uns über ihre erfolgreiche Streckenumrundung freuen. Auf hohe Punktzahlen für unser Team hoffen. Wenn es einer Erwähnung wert war, dass es ihnen gut ging, und wenn das die <u>gute</u> Nachricht wäre – was wäre dann die schlechte? „Aber der Duo Discus ist leider kaputt. Es war so viel Gegenwind. Und überall Wälder.

Da konnte man nirgendwo landen…." Christoph holte weit aus. Konnte er nicht auf den Punkt kommen? Das beste Flugzeug unseres Vereins war ruiniert, das war ja eine schöne Bescherung! Er hatte über unlandbarem Gebiet bei Gegenwind thermischen Aufwind gesucht. Und nicht gefunden. Da war der Chemiepark mit Industriethermik erstmal keine schlechte Idee. Von den giftigen Abgasen abgesehen.

Nur war gerade Wochenende. Es wurde wohl nicht mit voller Kraft gearbeitet. Vielleicht gab es gar keine Thermik über dem Chemiepark. Zudem hatten Christoph und Robbi so wenig Höhe gehabt, als sie über dem Chemiepark ankamen, dass sie die wenige Industriethermik nicht genau treffen konnten. Während sie sich schon auf den Landeanflug konzentrieren mussten. Nur wo konnte man landen, zwischen Wäldern und chemischer Industrie? „Im Chemiepark gibt es einen Versuchsacker für Pflanzenschutzmittel", erklärte Christoph am Telefon. „Auf dem sind wir gelandet. Er war aber leider zu klein. Wir sind schnell angeflogen, um nicht von den Turbulenzen umgeworfen zu werden, und konnten dann nicht mehr bremsen. Da haben wir eine Tragfläche auf den Boden schleifen lassen und haben das Flugzeug gedreht. Jetzt ist diese Tragfläche gestaucht, direkt an der Wurzelrippe."

Na toll, sie hatten einiges falsch gemacht. Das Flugzeug war beschädigt. Und einiges richtig gemacht. Sie hatten eine Bruchlandung hingelegt und waren selber unverletzt. Wir fuhren mit meinem Auto und dem Segelflugzeuganhänger zum Chemiepark. Erhielten Besucherausweise. Wurden kontrolliert. Der Werkschutz machte Erinnerungsfotos. Ein Segelflugzeug landete nicht alle Tage im Chemiepark.

Pilotenkoffer

„Sei mir gegrüßt, junge Aeronautin!", sagte Gott. Melissa rieb erstaunt ihre Augen. Sie war sich nicht sicher, ob sie träumte. Melissa war sechzehn Jahre alt. An diesem Nachmittag hatte sie einen Brief der Luftfahrtbehörde im Briefkasten gefunden. Sie hatte ihm lange entgegen gefiebert. Sie hatte sich zwei Jahre lang vorbereitet, in ihrem Luftsportverein Theorie und Praxis gelernt, fast jedes Wochenende. Und nun lag dort der Brief mit ihrer Privatpilotenlizenz. Auto fahren durfte sie mit sechzehn Jahren natürlich noch nicht. Fliegen schon. Das war schon irre! Aber irgendwie auch nicht. Schließlich konnte sie es ja auch. Sie flog wirklich gut.

Melissa hatte sich den ganzen Abend gefühlt wie im siebten Himmel. Eine Pilotenlizenz bekommt man nicht alle Tage. Schon gar nicht die erste im Leben. Aber dass der siebte Himmel so real sein würde, damit hatte sie nicht gerechnet. Gott lächelte Melissa an. Seine Erscheinung erinnerte sie an den Schulleiter aus der Zauberschule Hogwarts. Doch dieser ehrwürdige alte Mann war der liebe Gott. Nicht dass er sich vorgestellt hätte – sie wusste es einfach. Aber etwas unterschied ihn vom Zauberer Dumbledore*. Gott trug an jeder seiner Hände einen großen Koffer. „Die beiden Koffer sind für dich", sagte er. „Schließlich habe ich euch Menschen nicht zum Fliegen geschaffen. Aber ihr seid klug. Nun könnt ihr es doch. Ich musste etwas improvisieren. Jeder junge Pilot bekommt von mir diese zwei Koffer. Und jetzt lies!" Gott händigte Melissa den ersten Koffer aus. „Da steht: Erfahrung", sagte Melissa. „Richtig", sagte Gott, „und jetzt mach ihn auf und sag mir, was du siehst!" Melissa nahm den Koffer. Er fühlte sich leicht an. Aber es stellte sich heraus, dass mehr darin war, als sie sich vorgestellt hatte.

„Oje, da ist die kaputte Fahrwerksverkleidung vom letzten Jahr. Die hat mir der Nikolaus schon geschenkt – bei der Nikolausfeier. Das ist mir jetzt peinlich. Wahrscheinlich hat er es dir auch erzählt?" Melissa lächelte verlegen. Sie fühlte sich irgendwie ertappt. Am Nachmittag hatte sie noch gedacht, sie sei die Größte. „Natürlich hat er es mir erzählt. Der Kumpel ist natürlich ein Scharlatan, das weißt du. Aber sein Mummenschanz auf der Feier hat trotzdem sein Gutes. Alle freuen sich auf den alten Nikolaus und halten seine Erinnerung in Ehren. Den echten, meine ich natürlich." Voriges Jahr hatte Melissa eine etwas härtere Landung hingelegt. Bei einem ihrer ersten Alleinflüge. Der Verein musste das Flugzeug reparieren. Die Fahrwerksverkleidung war nicht mehr zu retten. Aber das passierte immer mal wieder und war sozusagen ein Kavaliersdelikt. Melissas Fluglehrer und auch der Werkstattleiter des Vereins – sie hatten ihr das Missgeschick verziehen. „Und jetzt schau dir den anderen Inhalt an. Da ist noch mehr!", mahnte Gott. Sie hatte offenbar noch nicht erkannt, was noch alles im Koffer steckte. „Oh, das ist mein erster Alleinflug!" Melissa begann zu strahlen. Das war eine schöne Erinnerung.

Melissa fand an die hundert farbige Hologramme einer Miniaturausgabe von Melissa – mit ihrem Ausbildungsflugzeug. „Da sind ja alle meine Flüge drin!", erkannte sie nun, und ihre Miene wurde auch wieder ernst. „Leider auch die, die nicht so gut waren. Sind das wirklich alle?" „Alles, woran du dich erinnern kannst", erklärte Gott. „Die anderen leider nicht. Auch nicht die Fehler, die du selber übersehen hast, leider. Deine Fluglehrer haben auch viel übersehen. Aber ich sehe alles." „Wahnsinn, da ist fast alles drin!", sagte Melissa. Sie war überwältigt. „Lass dich davon nicht täuschen!", ermahnte sie Gott. Nun wurde seine Miene ernst. „Im Grunde ist dieser Koffer so gut wie leer. Machen wir uns nichts vor! Du bist eine blutige Anfängerin. Respektiere es! Ich habe euch nicht zum Fliegen geschaffen. Das erwähnte ich schon." Nun händigte Gott ihr den zweiten Koffer aus. „Darum gebe ich dir diesen mit. Was siehst du?", wollte er wissen.

„Auf dem zweiten Koffer steht: Glück!" Melissa war zunächst etwas betreten gewesen, dass Gott sie eine Anfängerin genannt hatte. Aber „Glück" hörte sich schon viel hoffnungsvoller an. Der Koffer war höllisch schwer. Sie öffnete ihn. Auch in ihm flirrten Hunderte farbiger Hologramme. Flugzeuge unterschiedlichster Art. An den unmöglichsten Orten. Aber es war kaum etwas Konkretes auszumachen. Nur dass sich hier und da eine Kabinenhaube öffnete. „Bin ich das?", fragte Melissa. Ihr war fast so, als hätte sie eine erwachsene Ausgabe von sich selbst gesehen, die da aus einem Flugzeug stieg. Aber wann immer sie versuchte, eins dieser flimmernden Bilder zu fixieren, verschwand es sofort.

„Wer weiß das schon?", antwortete Gott geheimnisvoll. „Oft bist du auch nur indirekt beteiligt. Oder hast du noch nie etwas von 'liveware'** gehört?" Melissa dachte nach: 'liveware' – da war doch was, aber was? Sie erinnerte sich kaum. Pixelweise erschien in ihrem Kopf der Tafelanschrieb ihres Segelfluglehrers. „Der Theorieunterricht", stammelte sie, „der in HPL*** hat mich nicht – äh.." „Das höre ich immer wieder! Hat dich nicht interessiert, schon klar! Ich sagte doch, dass ich euch nicht zum Fliegen geschaffen habe!", sagte Gott streng. „Und das ist genau der Grund, warum ich dir diesen Koffer mitgebe. Wie du sicher schon gemerkt hast, ist er picke packe voll. Aber gib gut Acht! Er wird schneller leer, als du denkst! Wenn das Glück verbraucht ist, tust du gut daran, den Koffer mit der Erfahrung prall gefüllt zu haben. Aber der ist ja, wie wir wissen, so gut wie leer. Wenn das Glück zu früh verbraucht ist, dann wirst du sterben."

---

*Rowling, J.K.: Harry Potter and the Philosopher's stone. Bloomsbury Publishing London 1997

** Im sogenannten SHELL-Modell steht der englischsprachige Begriff "liveware", also das Lebendige, für den Menschen: einerseits für den Piloten, und andererseits für die anderen Beteiligten, wie z.B. Fluglotsen, Mechaniker, Vorgesetzte und andere Mitarbeiter einer Fluggesellschaft oder Mitglieder eines Flugsportvereins. Dahinter steckt die Idee, dass viele Beteiligte einen Einfluss darauf ausüben, dass Piloten die richtigen Entscheidungen treffen. Wie zum Beispiel die Entscheidung, bei ungeeignetem Wetter am Boden zu bleiben.

*** HPL= Human Performance & Limitations. „Menschliches Leistungsvermögen" ist ein neu geschaffenes Fach im Theorieunterricht der Pilotenausbildung.

Berufsrisiko

Strich auf dem é

„Das ist falsch!", krähten die Schüler, als ich ihre Namen auf die Tafel schrieb. „Da muss ein Strich über das e!" „Nein, ist nicht nötig!", versuchte ich zu argumentieren. Es war hoffnungslos. Es stand falsch im Klassenbuch. Es stand falsch in der Schülerakte. Es stand überall falsch. Ich konnte schließlich Französisch. Dumm nur, wenn man einen französischen Vornamen mit einem französischen Sonderzeichen ausschmückt, das so überhaupt nicht passt! Irgendwie hatte ich das Gefühl, die junge Dame vor einer Peinlichkeit bewahren zu müssen. Vor einer Peinlichkeit, die doch nie eintrat. Oder hat es jemals einen Schüler gegeben, der das falsche „e-accent aigu" bemerkt hat? „Ein Strich!!! Herr Hülshoff, der Strich fehlt!!!" Ich weigerte mich und ließ den Vornamen so stehen, wie er ausgesprochen werden muss. „Faaaaaalsch!"

Es war zum Mäusemelken mit den Namen. Irgendwie hatten die dümmsten Kinder immer die kompliziertesten Namen. Jetzt wirst du polemisch, Andi! Sie kann doch nichts dafür, dass die Eltern sie so genannt haben. Genau so wenig wie der Junge mit englisch klingendem Vornamen, aber ohne das interdentale „th". Der seinen Namen immer mit „s" aussprach. So wie einer, der im Englischunterricht

kein „th" aussprechen konnte. „Das ist russisch!",
sagte er. Wer sollte das verstehen? Oder der dop-
pelte Kim.

Es war eine kleine Detektivaufgabe gewesen, die
Schlägerei zu klären. Es gab drei Zeugen unter den
Schulkindern, von denen aber nur einer etwas Nen-
nenswertes beobachtet hatte. Jeder hatte auf einen
Zettel geschrieben, was er – angeblich – über den
Vorfall wusste. Leider hatte der einzige ernstzuneh-
mende Zeuge eine schwere Lese-Rechtschreibstö-
rung. „Mario, ich kann deine Schrift so schlecht le-
sen. Bitte erkläre mir, was du geschrieben hast. Wie
war das?" Dummerweise kamen zwei Kinder in seinem Bericht vor, die beide Kim hießen. Der eine Kim
war ein Junge. Die andere Kim war ein Mädchen. Es
stellte sich heraus, dass das Mädchen Kim, besonderes Merkmal „klein und zierlich", den Jungen
Kim, besonderes Merkmal „streitlustiger bulliger
Typ", geschlagen hatte. Darauf musste man erstmal
kommen!

„Faaaalsch!", brüllte die Klasse immer noch. „Nein,
richtig!", meinte ich. „Oder heißt sie etwa Marian-
Nee?" „Mariann' mit Strich auf dem é!"

Geburtstag

„Schulsozialarbeit Bruchhausen, Brunner, guten Morgen!", meldete sich Steffi. „Hallo Steffi, hier ist Andreas aus der Gesamtschule Vilsen. Ich hab' gehört, bei euch hat jemand Geburtstag?", fragte ich mit gespielter Ahnungslosigkeit. Steffi lachte: „Der Jamie sitzt auf dem Sofa und liest Lustige Taschenbücher. Ich geb' ihn dir mal." Jamie las jeden Morgen 'Lustige Taschenbücher' im Büro der Schulsozialarbeiterin. Er war der einzige, dem sie sogar erlaubte, im Büro zu bleiben, wenn sie mal im Schulzentrum unterwegs war. Bei ihm konnte sie darauf vertrauen, dass er wirklich nur las und keine Scheiße baute.

Es war nicht seine Lese-Leidenschaft allein, warum er dort war. Er schaffte es nicht, vor acht Uhr auf dem Schulhof den Stundenbeginn abzuwarten. Oft genug war es in eine größere Menschenansammlung ausgeartet. Jamie mit hochrotem Kopf in der Mitte, alle Mitschüler mit entsetzter Miene drumherum. Am Ende war Jamie immer wütend und verhielt sich wie eine Furie. Die Mitschüler beschützten irgendeine Mitschülerin oder irgendeinen Mitschüler vor der wütenden Furie. "Keiner versteht mich", sagte Jamie über sich selbst.

Ich mochte Jamie. Meine Freundin mochte Jamie fast noch mehr, weil ich jeden Abend lustige Geschichten erzählen konnte. Er konnte einem irgendwie Leid tun. Gleichzeitig benötigte er eine – in Anführungszeichen strenge – Erziehung. Jedenfalls wollte ich ihm meine Wertschätzung auch an meinem Vilsen-Tag verdeutlichen und ihm zum Geburtstag gratulieren. Ich glaube, er hat sich über meinen Anruf gefreut. Aber sicher bin ich mir nicht. Montags bis donnerstags arbeitete ich in Bruchhausen. Freitags in Vilsen. Diesmal war ich an seinem Geburtstag halt nicht da. Jamie hatte nicht sehr viele, die ihn mochten. Seine Klasse war zu allem Unglück nicht besonders friedlich. Sobald alle den Klassenraum betreten hatten, tat man als Lehrer gut daran, seiner Aufsichtspflicht nachzukommen. Die Klasse mal für eine Minute zu verlassen und zum Beispiel in der Nachbarklasse ein Problem zu klären oder ein paar nachträgliche Kopien zu machen, all' das wäre in der 5a nicht gegangen. Es hätte in einer Prügelei geendet. Ich mochte die Schulkinder in der 5a. Sonst wäre die Arbeit dort nicht auszuhalten.

Jamie hatte fast die Hälfte der Klasse zu seiner Geburtstagsfeier am Samstag eingeladen. Ich hoffte für sein Seelenheil, dass wenigstens ein paar von ihnen zur Feier erscheinen würden – und wenn auch nur aus Höflichkeit. Auch Lea hatte er eingeladen. Lea war die größte Krawallnudel in der 5a, und auch ziemlich hübsch. Mit ihr gab es jeden Tag Stress. Jamie schien sich irgendwie in sie verguckt zu haben. Zum Glück war sie fast immer freundlich zu ihm.

Am Nachmittag rief mich Robert an, Jamies Klassenlehrer. „Hast du schon von dem Vorfall heute mit Jamie gehört?", fragte Robert. „Frau Franz hat ihn für zwei Wochen suspendiert. Und danach sind ja Weihnachtsferien." „Na das ist ja eine tolle Bescherung!", sagte ich. „Jamie hat heute Geburtstag. Wie habt ihr denn das geschafft?" Es musste schon einiges passieren, bis die Schulleiterin eine Strafe verhängte. Eine zweiwöchige Suspendierung glich schon fast einer lebenslänglichen Gefängnisstrafe.

„Er hat Lea mit einer Schere angegriffen. Aber", seufzte Robert, „Iris hat vielleicht auch nicht so optimal reagiert und die Klasse verlassen." „Die Klasse zu verlassen ist keine gute Idee", meinte ich. „In der Zeit ist Jamie dann weiter mit der Schere durch die Klasse gerannt und hat auch andere Mitschüler verfolgt." Iris hatte anfangs wahnsinnig attraktiven Unterricht vorbereitet. Sie war sofort Jamies Lieblingslehrerin geworden. Danach hat sie wahrscheinlich das Arbeitspensum nicht mehr durchgehalten. Sie schien in der letzten Zeit keinen Fehler auszulassen. „Was fällt dir ein?! Zack! Her mit der Schere, das ist gefährlich!" Im Geiste malte ich mir aus, wie Iris hätte reagieren müssen, meiner Meinung nach. Ich dachte, man müsse ohne lange Überlegung in den Konflikt hineinspringen. Den gefährlichen Gegenstand spätestens zwei Sekunden später in der eigenen Hand halten. Um ihn dann einzuschließen. Jedenfalls hatte die junge Kollegin Hilfe bei der Schulleitung suchen wollen. Jamie war in der Zwischenzeit mit der Schere durch die Klasse gerannt. Zur Furie geworden. So gut wie alle Schüler der Klasse fühlten sich angegriffen. Und gaben zu Protokoll, Angst vor Jamie zu haben. Ich hoffte zu Jamies Gunsten, es müsse sich um eine Kinderschere mit abgerundeter Spitze gehandelt haben. Am besten aus Kunststoff. Hatte Jamie nicht eine sichere Kinderschere in seiner Federmappe? Man konnte es der Schulleiterin nicht verübeln. Von allen ihren rechtlichen Möglichkeiten hatte sie die – in Anführungszeichen Höchststrafe – gewählt.

Die Furie war also zum Büro der Schulleiterin gebracht worden und hatte sich dort in ein Häuflein Elend verwandelt. Das Häuflein Elend hatte gesagt: „Ich habe alles falsch gemacht. Wenn ich es ändern

könnte, würde ich es machen. Aber es geht nicht."
„Jamie, warum bist du mit der Schere auf Lea losge-
gangen?", fragte Frau Franz das Häuflein Elend. Er
antwortete: „Die anderen haben immer Zettel geschrieben im Unterricht. Und immer blöde Sachen
über mich geschrieben. Lea hat den Zettel gelesen.
Sie hat gelacht."

„Jamies Geburtstagsfeier fällt wohl leider aus",
sagte seine Mutter am Telefon. Sie hatte es nicht
leicht mit ihrem schwierigen Kind. „Auf die hatte er
sich wirklich gefreut. Jetzt haben die ganzen Eltern
angerufen und abgesagt. Leas Mutter auch. Man
kann es ihr nicht verübeln."

Dritte Dimension

Nick konnte ganz schön jähzornig sein. Er hatte sich über irgendeine Kleinigkeit aufgeregt und war wild geworden. Jetzt lief er um die Tischreihe und boxte jedem Mitschüler kurz in die Seite. Das war leider nicht das erste Mal. Ich hatte Angst, dass er jemanden verletzen könnte. Schon wieder fand er es toll, mit dem Lehrer Fangen zu spielen. So konnte das nicht weiter gehen. Ich würde Nick einfangen müssen.

Eine „tolle Idee", sich hinter Tischreihen zu verstecken. Und in die andere Richtung zu rennen, wenn der Lehrer sie umrundet hat. Oder eine Lücke in die Tischreihe hineingeschoben hat. Besonders dann, wenn man fast so schnell rennen kann wie ein Erwachsener. Je mehr Hindernisse der Klassenraum bietet, desto geringer der Fangerfolg.

Die dritte Dimension – die meisten meiner Schulkinder rechnen nicht mit ihr. Was kein Wunder ist in der Förderschule für Schüler mit einer geistigen Behinderung. Ich habe selber eine Weile gebraucht, um des Rätsels Lösung zu finden. Irgendwie hatte wohl niemand gewagt, Nick zu erziehen. In den ersten sechs Lebensjahren. Oder geschafft. Warum auch immer. Mir kam es wie ein Erziehungsvakuum vor, das man mühsam auffüllen musste.

Die Kindertische mit dem lila Punkt sind für einen Erwachsenen kein wirkliches Hindernis. Dafür muss man nicht mal Hürdenläufer sein oder einen größeren Anlauf nehmen. Man springt hinauf und auf der anderen Seite wieder herunter. Hinterlässt höchstens einen Schuhabdruck. So war es einfach, Nick zu fangen. Er kreischte laut auf. Damit hatte er wirklich nicht gerechnet. Mit der dritten Dimension.

Unerwarteter Helfer

Angelina war mächtig stolz auf sich selbst. Auf der Klassenfahrt machte es viel mehr Spaß, wenn man Verbotenes tat. Nur leider konnte man nachts schlecht von Haus sechs zu Haus acht. Zu dumm, dass Haus sieben das Lehrerhaus war. Oder sagen wir „Chalet" sieben. Die Lehrer saßen noch auf der Terrasse. Konnten sie nicht langsam mal schlafen gehen?

Bei der Ankunft mit dem Bus waren sie am Ausgang zwei im Ferienpark angekommen. Den hatte Angelina schon fast vergessen. Mit der Klasse haben sie immer nur noch Ausgang eins genommen. Über den man auch zur Parallelklasse kam. Ausgang zwei war natürlich noch da. Wozu das gut war? Haus sechs ist näher an Ausgang eins. Man muss nicht an Haus sieben vorbei. Geht einfach über Ausgang eins hinein statt hinaus. Und schwupps, ist man bei Haus acht. Geht dann schlafen. Angelina hatte sowieso schon Jogginghose und Schlaf-T-Shirt an. Sollte so aussehen wie „bettfein". Falls mal ein Lehrer kam. Mit ein bisschen Glück würde der gar nicht merken, dass Angelina im „falschen" Haus war.

Sah sie aus, als ob sie Hilfe brauchte? Jetzt hat sie endlich verstanden. Der Autofahrer sprach so komisch. Okay, sie war gerade in den Niederlanden. Er konnte dann doch besser Deutsch als sie Niederländisch. Nein, danke, sie würde allein zurück finden. Hat er irgendwie nicht verstanden. Etwas aufdringlich, diese Hilfsbereitschaft. Musste gar nicht sein. Rechts der Ferienpark, sie sah ihn schon. Auch wenn Eingang eins noch 500 Meter weit war. Sie wusste ja, wo der Eingang war. Rechts ein Graben und Wiesen mit Stacheldraht. Da wollte sie doch gar nicht hin. Einfach nur die Straße entlang.

Der Autofahrer bestand darauf. Er brauchte gar nicht zu helfen. Wie konnte man so hilfsbereit sein und gleichzeitig unsympathisch? Ließ sich fast nicht abwimmeln. Hatte glänzende Augen. Angelina erschrak.

Herr Kollek stellte sich lebhaft vor, was seiner leicht bekleideten Schülerin hätte passieren können. In seinem Kopf lief „Aktenzeichen XY" in Dauerschleife. Dass er Angelina beim Eintreten in den Ferienpark erwischt hatte, war reiner Zufall gewesen.

Apfel

„Ab!" Lina sah mich mit verzweifelter Miene an. Hatte sie sich nicht deutlich genug ausgedrückt? „Ab!", befahl sie zum zweiten Mal. „Ja, ein Apfel. Lecker!" Ich gab vor, „Apfel" verstanden zu haben und versuchte, ihr den ganzen Apfel mit Schale schmackhaft zu machen. Lina sah sich verwirrt in der Runde um. Alle Schüler hatten einen Apfel in der Hand und knabberten. Dabei wies keiner der Äpfel die erforderliche Zubereitung auf.

Lina hat das Down-Syndrom. Eine chromosomale Veränderung, die in den meisten Fällen mit einer geistigen Behinderung verbunden ist. Heutzutage besuchen viele Kinder mit geistiger Behinderung die – in Anführungsstrichen normale – allgemeine Schule. Linas Eltern hatten sich für eine Förderschule entschieden. So besuchte sie seit eineinhalb Jahren eine Eingangsklasse mit neun Kindern. Lina interessierte sich für all das nicht. Es gab Mittagessen im Klassenraum. Zum Dessert gab es diesmal einen Apfel.

Lina hatte laut und deutlich das Schälen des Apfels befohlen. Aber ihr Lehrer schien überhaupt nicht zu verstehen, was er zu tun hatte. „Ab!", befahl Lina jetzt mit lauter Stimme. Ich änderte meine Meinung ebenfalls nicht: „Lina, du darfst einen Apfel essen. Äpfel sind gesund." „Äpfel sind sehr gesund, Lina!", erklärte Pierre-Maurice wissend. Pierre-Maurice besuchte dieselbe Klasse wie Lina. Er hatte bereits vor einigen Wochen festgestellt, dass Äpfel essbar sind. Sogar mit Schale. Pierre-Maurice hatte die Gewohnheit, seinen Mitschülern und Lehrern pausenlos die Welt zu erklären – oder was er darunter verstand. Seinen Lehrern gefiel das nicht immer. Diesmal schien er den richtigen Ton getroffen zu haben. Lina hatte zwar nicht das bekommen, was sie sich wünschte. Aber es schien trotzdem irgendwie in Ordnung zu sein.

Lina schaute in die Runde. Wirklich jeder hatte einen Apfel in der Hand, einschließlich des Lehrers. Pierre-Maurice schien sich auszukennen. Da tat Lina etwas Verrücktes: Sie nahm den ganzen Apfel in die Hand und biss hinein.

Sandspiele

Linus fehlte mal wieder in Bio. Das Schwänzen wurde langsam eine schlechte Angewohnheit. Ich wusste schon, wo man ihn vielleicht finden könnte. Vor einigen Wochen hatten mir Schüler einen Tipp gegeben. Ich hatte sofort drei andere Schwänzer erwischt. Da ich ohne Schüler nicht allzu viel zu tun hatte, konnte ich auf die Suche gehen.

Linus fand ich nicht. Aber François, Sarah und Lisa. Das war ja kein Wunder. François und Lisa waren letztes Mal auch dort. Und auch jetzt: Kein Benehmen, keine Einsicht.

Natürlich musste ich die Klassenlehrerin informieren. Die Klassentür der 8e stand gerade offen, und da saß sie schon am Pult. „Wenn du François suchst – der ist auf dem Spielplatz." „Auf dem Spielplatz?" Die Kollegin konnte sich vor Lachen kaum halten. „Er hat gesagt, dass ich mich verpissen soll", sagte ich. „Das geht natürlich nicht, das wird Konsequenzen haben", sagte die Klassenlehrerin. „Aber frag' ihn doch mal, ob ich ihm noch ein Schäufelchen bringen soll."

Problem

„Herr Hülshoff, wir haben ein Problem!", meldeten sich drei Schülerinnen auf der Klassenfahrt. „Kleinen Moment noch, ich bin gerade beschäftigt", antwortete ich. Ich war nicht wirklich beschäftigt, aber Lea sollte warten lernen. Sie machte ständig Ärger. Lea achtete nicht auf das, was ich gesagt hatte. „Hier, gucken Sie mal!", sagte sie und hob ihr Unterhöschen hoch. Ich sollte mir die rechte Pohälfte mal genauer ansehen. Auf dem rechten Po war eine rote Hand. „Das war François, er hat mich geschlagen." Da war eindeutig ein Handabdruck in Rot. Dafür, dass sie gerade geschlagen worden war, kam mir Lea ziemlich gefasst vor. „Das tat weh. Ich hab' richtig geheult." Also doch. Dieser Vorfall musste geklärt werden. „Ich mache eben das Lehrerhaus zu und komme dann zu euch", sagte ich. „Setzt euch bitte schon mal ins Wohnzimmer!" Wir wohnten in kleinen Ferienhäuschen: eins für die Lehrer, eins für sechs Schülerinnen, eins für sechs andere Schülerinnen, jeweils zweimal eins für sechs Jungs und eins für die beiden restlichen Mädchen, die mit allen anderen Mädchen nicht zurechtkamen. François gehörte zu einer anderen Klasse unserer Schule. Tagsüber erlaubten wir den Schülern, zur jeweils anderen Klasse zu gehen. Natürlich nur, wenn gerade keine festen Programmpunkte vorgesehen waren.

Da saßen sie nun im Wohnzimmer auf dem Sofa: Lea und François, beide nebeneinander. Ich hatte schon vermutet, die beiden würden bald Händchen halten. Eben haben sie sich noch geschlagen, und jetzt saßen sie friedlich nebeneinander. Wie ulkig! Und alle anderen Mädels neugierig daneben. Sie ließen sich das Event natürlich nicht entgehen. „Wir haben uns wieder vertragen, Herr Hülshoff!", sagte Lea. „Das ist ja schon mal gut", sagte ich. „Aber ich werde den Vorfall deinen Klassenlehrern melden müssen, François!" Darüber war er nicht so glücklich. Ich kannte ihn wenig. Ich wollte den Kollegen nicht ins Handwerk pfuschen. Er hatte schon etwas bedröppelt ausgesehen, wie er dort auf der Couch saß. Schuldbewusst. Einsichtig wie selten.

Sorgenkind

Eddi war wieder psychotisch. Er randalierte. Ein bisschen Abenteuerlust war schon dabei, als sich Andreas seine Zivildienststelle ausgesucht hatte. Ein Wohnheim für Erwachsene mit geistiger Behinderung. So weit weg von Zuhause. Aber so viel Abenteuer musste es auch nicht unbedingt sein.

Eddi hatte eine schwere Epilepsie gehabt. Als er 18 Jahre alt gewesen war, wurden die Anfälle immer häufiger, und die Erkrankung wurde unerträglich. Seine Eltern hatten sich entschlossen, eine chirurgische Behandlung durchführen zu lassen. Leider war die Neurochirurgie in den 1980er Jahren noch nicht so zuverlässig. Der Chirurg musste irgendwie falsch navigiert haben. Und hatte bei der OP ein organisches Psychosyndrom ausgelöst. Schwer zu beschreiben, was das ist. Mal ging es Eddi gut. Mal war er völlig neben der Spur. Nun war er 31 Jahre alt. „Wir haben ein Sorgenkind in unserer Gruppe", hatte der Hausleiter zugegeben. Andreas hatte wenig Vorstellung gehabt, was auf ihn zukommen würde. Gruppen ohne Sorgenkinder hatte er auch keine gekannt. Also hatte es ihn nicht gestört.

Gerade hat Eddi seinen Urin abgelassen, ohne aufs Klo zu gehen. Die Kleidung war durchnässt, und Andreas hat Eddi beim Umziehen geholfen. Er wollte ihn zur Dusche begleiten. Dazu ist es aber nicht gekommen. Eddi hat irgendetwas gestört. Er hat eine Fanta-Flasche auf Andreas geworfen. Die 1,5-Liter-Flaschen waren damals noch aus Glas. Getroffen hat er Andreas nicht. Dann lief Eddi nackt in seinem Zimmer herum. Er schrie. Man konnte nichts verstehen. Irgendwie fühlte er sich verfolgt. Andreas beschloss, im Dienstzimmer abzuwarten. Eddi würde sich bestimmt wieder beruhigen. Dann sähe die Welt schon ganz anders aus. Eddi konnte charmant und freundlich sein. Wenn er gute Laune hatte. Jetzt hielt er sich nackt in seinem Zimmer auf. Das gefiel Andreas nicht. Man lief einfach nicht nackt in seinem Zimmer herum. Auch wenn es gerade sommerlich warm war. Im Haus wohnten auch noch andere. Die meisten waren gerade zur Arbeit.

Lange nichts von Eddi gehört. Er schien sich beruhigt zu haben. Jetzt konnte Andreas ins Zimmer gehen. Kein Eddi drin. Weg sein konnte er nicht. Das hätte Andreas gesehen. Er hätte direkt an ihm vorbei kommen müssen. Das Fenster stand offen. Andreas schaute hinaus. Zwei Stockwerke tiefer lag Eddi auf der Wiese. Eigentlich nur ein Stockwerk.

Aber die Stockwerke waren hoch und zählten fast doppelt. Neben Eddi stand ein Krankenwagen mit Blaulicht. Zwei Sanitäter und zwei Ärzte versorgten den Verletzten. Obwohl – Verletzungen sah man keine. Fast alle Mitarbeiter des Wohnheims sahen zu. Mit besorgten Mienen. Andreas erfuhr es als Letzter.

Badesee

Es gab einen Badesee mit einem Sandstrand. Wir badeten fast jeden Tag. Eine integrative Ferienfreizeit. Günter wollte auch baden. Er hatte eine Epilepsie. Jeden Tag viele Anfälle. Nicht ungefährlich. Wenn man im Wasser einen Krampf bekommt, kann man ertrinken. Ich folgte ihm auf Schritt und Tritt. Blieb in ein bis zwei Metern Entfernung. Höchstens. Hatte eine Rettungsschwimmer-Ausbildung. Und eine Erste-Hilfe-Ausbildung. Alf war albern und wild. Er döppte alle Betreuer. Als ich auftauchte, war Günter weg. Das Wasser war trüb. Weit war er nicht gekommen. Ich benutzte den Rautek-Griff. Zog Günter an den Strand. Er keuchte. Er spuckte Wasser. „Da habbich", sagte Günter, „da habbichnoch, ja nochmal Glück gehabt."

Messlöffel

Der Timonil-Saft würde nicht reichen. Die Ferienfreizeit war gerade mal zur Hälfte um. Warum hatten Doris' Eltern zu wenig eingepackt? Timonil ist
ein Anti-Epileptikum, und es beruhigt. Konnte nicht
stimmen. Doris' Eltern waren beunruhigt. Die Flasche reichte doch sonst fast einen Monat. Sie hatten alles beschriftet und eingepackt. Sogar einen
Esslöffel mit in den Karton gelegt. Auf dem Rezept
stand „Ein Messlöffel…" Wieviel denn nun? Jeweils
ein Messlöffel? Oder ein Esslöffel? Wir haben ver-
glichen. Zwei Messlöffel waren ein Esslöffel. Zu
Hause nahmen sie den Messlöffel. Alles stimmte.
Sie wollten es uns einfacher machen. Doris war viel
ruhiger als sonst.

Handkarren

Steffi machte Freiwilliges Soziales Jahr. Sie bekam eine kleine Dienstwohnung. Eigentlich nur ein Zimmer mit einem klitzekleinen Bad. Das Personalwohnheim lag an einer Kreuzung. Von ihrem Zimmer aus konnte sie vier Straßen einsehen, wie schön! Die Führerscheinprüfung holte sie ein.

Manche Prüfungsaufgaben hatten sie schmunzeln lassen: „Mann, der einen Handkarren schiebt." Das gab es schon seit mindestens neunzehn Jahren nicht mehr. So alt war Steffi nämlich. Völlig antiquiert. Immer wieder diese lustigen Aufgaben. Mit einem Verkehrsmittel, das es gar nicht mehr gab. Mann mit Handkarren. Wie war das noch? Vorfahrt gewähren, wie bei einem Auto. Da macht man nix verkehrt.

Steffi traute ihren Augen kaum. Ein Mann schob einen Handkarren die Straße hoch. Voller Geduld und Verlässlichkeit. Immer wieder Männer mit Handkarren.

Die Männer konnten nicht Auto fahren. Ihre Erkrankung erlaubte es ihnen nicht. Der Handkarren gab ihnen Arbeit und Brot. „Ein Kurierdienst", würde man heute sagen.

Badewanne

Mit einer Epilepsie darf man nicht allein baden. Nur unter Aufsicht. Wenn man einen Anfall bekommt, kann man ertrinken. „Erst den Stöpsel ziehen!", hieß es immer. „Danach dem Patienten helfen. Wer weiß, wie lange man ihn über Wasser halten muss." Nach dem Zivildienst wollte sich Andreas etwas dazuverdienen. Arbeitete länger. War ja schon fast ein Alter Hase im Wohnheim.

Holger wollte baden. Er ließ schon mal das Wasser herein. Andreas war mit Schreibarbeiten beschäftigt. Holger legte Seife und Handtuch zurecht. Er wusste, dass er noch nicht in die Wanne durfte. Er hatte sich mit seiner Erkrankung arrangiert. Alle machten das so.

Andreas schaute nach, ob Holger schon bereit war. Wenn man einen Anfall bekommt, kann man ertrinken. Wie es aussah, würde das gerade passieren. Holger lag in der Wanne. Der Kopf nach unten. Die Füße nach oben. Er hatte nie irgendwelche Regeln missachtet. Und doch war er schon in der Wanne. Andreas zog den Stöpsel. Er zog Holgers Oberkörper aus dem Wasser. Es lief ab. Holger keuchte. Er hatte einen „Grand mal"-Anfall. Als das Wasser abgelaufen und der Anfall zu Ende war, rief Andreas den Rettungsdienst.

Wie konnte das passieren? Der Sanitäter schaute Andreas mit strenger Miene an. Die Seifenschale hing an der Wand. Eine Kachel war die Seifenschale. Holger wollte die Seife hineinlegen. Er hatte sich über die Wanne gebeugt. Der Anfall war in der falschen Sekunde gekommen.

Geschirr

Die Spülmaschinen-Tabs reichten von Anfang an nicht. Das war ja klar. Drei Stück für viereinhalb Tage sollte wohl heißen, man soll im Ferienpark-Supermarkt eine volle Packung kaufen. Ich ärgerte mich tierisch über mich selbst. Das hätte ich eher wissen können. Und dann hatten sich die Jungs in Haus fünf noch beschwert, dass Robbi nicht richtig gespült hätte. Wo sie doch selber ziemliche Chaoten waren. Wenn sogar sie sich beschwert hatten, dann war klar, dass im Geschirrschrank eine farbenfrohe Überraschung wartete. Erst am letzten Abend der Klassenfahrt war ich zur Geschirrschrank-Kontrolle erschienen. Dementsprechend sah das Geschirr auch aus. „Das hättest du wissen können, Andi!", sagte ich zu mir. „Biste selber schuld!"

Ich war mit zwei 8er Klassen in einem Ferienpark. Die eine Klasse campierte sportlich in Gruppenzelten. Unsere Klasse hatte sogar die Luxus-Variante mit „Chalets". Jeweils sechs Jungen oder sechs Mädchen bewohnten ein kleines Ferienhaus. Mit eigenem Wohnzimmer und Küche. So mancher Schüler, dem man nur Unsinn zutraute, hatte mit ungewohnten Kochkünsten überrascht. Aber zu erwarten, dass auch das Geschirr gespült würde, war wohl zu optimistisch. Als die Spülmaschine in Betrieb war, war noch alles gut. Die Spülmaschinen-Tabs waren aufgebraucht, und die Lehrer hatten in ihrem Haus auf „Handspülbetrieb" umgeschaltet. Und vermutet, dass die Schüler das auch tun würden. Jetzt war zwar alles Geschirr im Schrank, und die Schranktüren ließen sich schließen. Doch es als „sauber" zu bezeichnen, das wäre weit übertrieben. Also sollte Haus fünf vor der Nachtruhe zum Spülabend antreten.

Die auf die Ablage geknubbelten Geschirrtücher waren seltsamerweise nicht getrocknet. Ich holte aus dem Lehrerhaus einige Tücher, die auf dem Wäscheständer hingen. Großes Gemecker. Schimpfen wie die Rohrspatzen. Ich ließ mich nicht beeindrucken. „Ihr habt Mist gebaut, und das bringen wir jetzt in Ordnung. Ich helfe euch", war mein Mantra für diesen Abend. Ich war selber schon ziemlich müde. Alle mussten spülen. Abtrocknen. Einräumen. „Ich raste gleich aus!", sagte Mike-Simon, bei dem beide Vornamen englisch ausgesprochen werden. Und trat vor Wut mehrmals gegen eine Tür. Ich bat ihn zweimal zu Einzelgesprächen draußen auf der Terrasse. Erklärte ihm geduldig die Situation. Er rastete wirklich fast aus. Aber nur fast. Vorher beendete ich das Gespräch. Bat ihn mitzuhelfen. Am

Ende war alles Geschirr gespült. Und im Geschirrschrank. Solange niemand mehr auf die Idee kam, einen größeren Nachtimbiss zuzubereiten, würde das Haus die Endkontrolle bestehen. Wenn man nach dem Frühstück ein wenig aufpasste.

Am nächsten Morgen noch eine kurze Kontrolle in Haus sieben. Die Jungs dort machten einen etwas vernünftigeren Eindruck als die in Haus fünf. Fast jeder hatte einen Migrationshintergrund. Das Geschirr lag gespült, aber nass im Geschirrschrank. Ich stellte mir im Kopf die haarige Überraschung vor, die die Nachmieter in einigen Wochen erwarten würde. Wenn sie den Geschirrschrank öffneten. Die Jungs in sieben hatten kein Verständnis für die Beanstandung: „Nicht dreckig ist, nur nass!" Ich erklärte den Zusammenhang von Feuchtigkeit und Schimmelbildung. Wieder alle antreten zum Spülen. Bis zur Abreise waren noch zwei Stunden Zeit. Zum Glück hatte sich Angelina mit Franky angefreundet. Sie half freiwillig beim Spülen und Abtrocknen. „Da könnt ihr ruhig mal danke sagen!", ermahnte ich sie. „Danke, Angelina!", riefen die Jungs im Chor.

Ausrede

Jetzt war das neue Schulhalbjahr schon fast zur Hälfte um. Linus hatte seinen neuen Religionslehrer immer noch nicht kennen gelernt. Er schien mal den einen, mal den anderen Religionskurs zu besuchen. Manchmal katholisch, manchmal evangelisch. Linus war eigentlich evangelisch. Wer weiß, vielleicht nahm er auch ab und zu als Moslem teil. An Praktischer Philosophie. „Heute hat sich Linus krankgemeldet", meinte Annika, die Schulsekretärin, „aber irgendwie kam es mir komisch vor. Vielleicht fragt ihr mal, ob das seine Richtigkeit hat."

„Linus war noch nie ernsthaft krank", gab ich zu bedenken, „er hat eine eiserne Gesundheit. Hat sich höchstens mal den Fuß verstaucht. Wenn ich mit seiner Mutter telefoniere, sagt sie bestimmt, er sei noch nie krank gewesen seit den Sommerferien."

„Linus hab' ich heute in der Stadt getroffen", erklärte seine Mutter am Telefon. „Ich war mit dem Auto unterwegs und habe ihn zufällig gesehen. Da habe ich ihn gleich auf dem Handy angerufen." „Krank ist er wahrscheinlich nicht?", wollte ich wissen. Linus hatte die Angewohnheit, wohlklingende Ausreden vorzubringen. Er gab in der Schule meist Erkrankung oder Übelkeit an. Wer ihn nicht gut kannte, glaubte es. Zu Hause nannte er jeweils eine Ausrede, die darauf hinauslief, dass er etwas Wichtiges für die Schule zu erledigen hätte. Oder der Kurs sei ausgefallen oder der Lehrer erkrankt. Was gerade am besten passte.

So auch diesmal. „Linus hat mir gesagt, dass er Kirchen fotografieren muss. Für seinen Religionslehrer", erklärte seine Mutter. „Das ist ja originell", meinte ich. „Herr Scholten, Linus' Religionslehrer, sitzt gerade neben mir im Lehrerzimmer. Er war mit seinem Kurs im Klassenraum. Linus war als Einziger nicht da."

„Aber mein Kurs war in der Stadt unterwegs", meldete sich Franziska zu Wort. Sie hatte das Telefongespräch im Lehrerzimmer mitgehört. Franziska unterrichtete den Parallelkurs in Evangelischer Religion. „Allerdings sollten nicht Kirchen fotografiert werden. Die Aufgabe war schon etwas anspruchsvoller." „Dann war an Linus' Ausrede ja doch ein Fünkchen Wahrheit", resümierte ich. „Die Aufgabe, die der Parallelkurs zu erledigen hatte, gefiel Linus wahrscheinlich besser. Auch wenn er sie nicht richtig verstanden hat."

Zoobesuch

Anne stutzte. Neun Schulkinder waren eines zu wenig. Sie zählte ihre Klasse ein zweites Mal. „Der Mike fehlt!", meldete sich Stacy. Anne blickte sich kurz um. „Eben an der Pommesbude war er noch da", dachte sie, „und jetzt ist er schon wieder abgehauen." Das kam ungelegen. Sie waren sowieso schon spät dran. Anne unterrichtete eine Primarstufenklasse der Förderschule für Kinder mit einer geistigen Behinderung. Der Zoobesuch war bei den Schülerinnen und Schülern gut angekommen. Jetzt standen sie am Ausgang und hatten die vereinbarte Abfahrtzeit für den Reisebus schon zehn Minuten überzogen. Sie sollten rechtzeitig zurück an der Schule sein, denn andernfalls würden auch die Schulbusse warten müssen. „Pass auf", sagte Anne zu Ulli, ihrem Kollegen, „geh' doch mit der Klasse schon mal zum Bus! Ich nehm' mir den Bufdi und geh' suchen. Ohne die Kinder sind wir schneller." Tobias leistete an der Förderschule seinen Bundesfreiwilligendienst. Er hatte die Unterhaltung mit angehört und sprintete gleich los. „Du links rum, ich rechts?", fragte er. Anne nickte und lief den Weg links herum. Bei den Pinguinen hatte Mike ziemlich lange gestanden. Sie hatten eine Weile gebraucht, um ihn zum Weitergehen zu überreden. Ohne die

Aussicht auf eine Schale Pommes mit Mayo wäre das vielleicht gar nicht gelungen.

Mike rannte ihr fast direkt entgegen. So wie er aussah, musste er wohl eher am Wasserspielplatz gewesen sein. Sein T-Shirt, sein Pulli und sogar sein Rucksack tropften. Er sah verschwitzt und erschöpft aus. Und er strahlte über das ganze Gesicht. „Jetzt aber schnell", sagte Anne, „die anderen warten schon. Wir müssen uns beeilen. Der Busfahrer will losfahren." „Ich war bei den Ping.. den Pingplatz!", meinte Mike kleinlaut. „Das sehe ich", meinte Anne belustigt, „du bist ja ganz nass. Zu Hause ziehst du dir besser trockene Sachen an." Sie würden die Schulbusse noch so gerade erreichen. Gut, dass sie nicht noch länger suchen mussten. Anne nahm Mike an die Hand und rannte mit ihm zum Bus. Sie rief Tobias auf seinem Mobiltelefon an. Kurze Zeit später konnten sie losfahren.

Mikes Rucksack tropfte immer noch. Er schien sich sogar zu bewegen und machte Geräusche wie ein Tierfilm vom Südpol. „Mikey hat ein Pinguin!", rief Max begeistert. „Der hat ein Pinguin!" Sofort begann er zu singen: „Pitsch patsch Pinguin, sie watscheln schon im Kra-heis, pitsch patsch Pinguin, sie watscheln schon im Kreis!" Mike drehte sich zum Fenster und versteckte seinen Rucksack hinter dem

Oberkörper. Sein Rucksack bewegte sich weiter, und die anderen Kinder mischten sich laut lachend ein. Anne lief zur Sitzreihe von Mike und Max. Sie wollte wissen, was da los war. „Was hast du denn im Rucksack?", fragte sie Mike. Mike war bockig und sagte erstmal gar nichts. „Im Rucksack?" erinnerte Anne. „Mike, was krabbelt denn da in deinem Rucksack? Zeig doch mal bitte, was das ist!" „Gar nichts!", jammerte Mike zu seinen quiekenden Wackelrucksack. „Der Pinguin wollte zu mir!", sagte er auf einmal.

Das war manchmal lustig. Mike garnierte sein Geständnis mit einem Täterwissen, das weit über das hinausging, was seine Lehrerin bereits wusste. Das wurde ihr jetzt zu bunt. „Ich glaube, wir müssen mal den Rucksack kontrollieren, was du da drin hast!", sagte sie. Mike jammerte: „Der wollte zu mir, der Pinguin!" Er öffnete seinen Rucksack. Otto der Brillenpinguin war einer der Lieblinge der Zoobesucher. Er sprang aus dem Rucksack und watschelte bis zum vorderen Ende des Busses. Der Fahrer wunderte sich: „Na mein Kleiner, was machst du denn hier?"

Gewissenhaft

Gegen 7:00 Uhr morgens begann Frau Seiffert, die Flure in der erziehungswissenschaftlichen Fakultät zu wischen. Die Tür zum Büro von Professor Adalbert stand halb offen. Adalbert war meist der erste, der morgens das Gebäude betrat – und der letzte, der abends ging. Falls er denn überhaupt zwischendurch zu Hause war. Frau Seiffert fragte sich manchmal, ob er vielleicht morgens in die Uni-Sporthalle zum Duschen ging, um direkt weiter zu arbeiten. Adalbert saß mit dem Allerwertesten auf seinem Bürostuhl. Seine verschränkten Arme ruhten auf der Tischplatte. Sein Kopf lag mit geschlossenen Augen auf den Armen. Das war ja kein Wunder. Frau Seiffert grüßte höflich, erwartete aber keine Antwort. Dann wischte sie wie üblich um Adalbert herum. Irgendetwas störte sie. Die Examensarbeiten waren übertrieben ordentlich auf dem Schreibtisch gestapelt. Neben Adalberts Nase lagen ein verdächtiger kleiner Behälter und ein großer Briefumschlag mit einem Absender aus der Schweiz. Neugier war Frau Seiffert eigentlich fern. Aber hier stimmte etwas nicht. Sie schaute sich das Gesicht des Professors etwas genauer an. Der Körper lag wie versteinert. Sein Schlaf war endgültig.

Der Briefbogen wies den Absender als eine Sterbe-
hilfeorganisation aus, die in Deutschland verboten
war. Unter Adalberts rechten Arm klemmte ein Ab-
schiedsbrief in drei Zeilen.

Frau Seiffert seufzte. Professor Adalbert hatte sein
Leben für die Uni gelebt. Und er starb auch dort. Ein
glanzloser Tod. Frau Seiffert griff nach Adalberts Te-
lefonhörer und rief den Pförtner an, der dann die
Polizei alarmierte. In den Semesterferien bekam
kaum jemand etwas vom Vorfall mit. Als die Stu-
denten den mehrdeutigen Aushang des Prodekans
lasen, schlossen sie eher selbst, es müsse sich um
einen Selbstmord gehandelt haben, als dass sie es
gelesen hätten.

Professor Adalbert war schon immer etwas speziell
gewesen. Sein Steckenpferd – die Bioethik – hatte
ihn wohl ins Grab gebracht. Als er gemeinsam mit
einem Wissenschaftler vom anderen Ende der Welt
über nicht-normative Ethik publiziert hatte, hatte
man ihm vorgeworfen, das Lebensrecht von Menschen mit Behinderungen in Frage zu stellen. Dabei
wäre es seine Aufgabe gewesen zu erforschen, wie
man diese Menschen am besten unterrichten und
auf das Leben vorbereiten könnte. Meinten seine
Kollegen.

„Weiß er eigentlich, wie verhasst er inzwischen ist?", wurde im Fachschaftsraum gemunkelt. „Das weiß er!", waren sich die anderen sicher. Einige Studierende hatten sich gefragt, ob sie die Uni wechseln sollten, um nicht in Gewissenskonflikte zu geraten. Die älteren Semester beeilten sich dann zu betonen, Professor Adalbert sei total nett. Er sei darüber hinaus bienenfleißig. Einmal hatte er halbherzig gefragt, wer denn bereit sei, das Protokoll zur Vorlesung zu scheiben. Als sich niemand freiwillig meldete, schrieb Professor Adalbert das Protokoll jede Woche selbst.

Bevor er starb, hatte Adalbert die Einstellung eines zweiten Professors in seiner Fachrichtung abgewartet. Anschließend hatte er sämtliche Examensarbeiten korrigiert, Gutachten geschrieben, Zensuren festgelegt und alles säuberlich unterschrieben. Die letzten Unterschriften wiesen das Datum seines Todes aus. Der demnach erst nach Mitternacht eingetreten war.

Synchronsprecher

An der Förderschule hatte ich einen Schüler in meiner Klasse, der immer genau den Satz sagte, den ich in der nächsten Sekunde gerade sagen wollte: „Meine Damen und Herren!" oder „Los geht's!" oder „Aufpassen!" oder „Stühle hoch!" oder ähnliches. Einen älteren oder schlaueren Schüler hätte man gemaßregelt wegen dieser Respektlosigkeit, doch dieser dachte sich nichts Böses. Es war mehr ein Akt von „vorauseilendem Gehorsam". Er wollte zeigen, was er gelernt hatte. Man konnte ihm gar nicht mal böse sein.

Er konnte einen wahnsinnig machen mit seiner Vorhersagerei. Offenbar sagte ich damals immer dasselbe – benutzte immer dieselben Phrasen. Ich begann, mehr auf meine Wortwahl zu achten und variierte sie. Ob es geklappt hat? Er wurde älter und besuchte eine andere Klasse. Einen solchen Synchronsprecher hatte ich nie wieder.

Gewichtige Vorfreude

Beide Klassenlehrer der 7e waren langfristig erkrankt. Keiner von ihnen hatte je Ausflüge mit der
Klasse unternommen. Der Vertretungslehrer hatte
eine Exkursion zu einem Bauernhof geplant – wie
mit jeder seiner 7er Klassen.

Die Vorfreude der 7e war die gewichtigste von allen: Die Schüler prahlten mit ihren Vorräten für diesen zweistündigen Ausflug mit Wanderung. Nicht
nur eine 1,5-Liter-Flasche hatten sie dabei. Es
würde zwar Milch ausgeschenkt werden, aber man
konnte ja nie wissen. Eine Flasche reichte vielleicht
nicht. Die meisten hatten zwei oder drei mit. Insgesamt viereinhalb Liter Cola. Gemessen an Volumen
und Gewicht des Getränkevorrats war die Vorfreude riesengroß. Für einen zweistündigen Ausflug. Der Lehrer amüsierte sich köstlich. Dann ordnete er eine Inhaltsangabe an. Jeder durfte eine Flasche mitnehmen. Der Rest blieb im Klassenraum.

Bedürfnis

Jennifer war verzweifelt und den Tränen nahe. Leider konnte sie nicht sagen, was sie wollte. Und hatte keine Idee, wie sie es mitteilen sollte. Jennifer ist das Kind einer chinesischen Familie. Die Eltern hatten ihr einen Namen gegeben, der in Deutschland ganz normal klang.

Jennifer hatte eine Autismus-Spektrum-Störung und eine geistige Behinderung. Sie besuchte die Eingangsklasse der Förderschule. Ihre Lehrer hatten immer schon vermutet, dass sie recht klug war im Vergleich zu ihren Mitschülern. Es war aber dennoch schwierig, sich mit ihr zu verständigen. Jennifer wollte immer irgendetwas mitteilen, aber sie wusste nicht wie. Ich hatte eine Symbolsammlung ausgedruckt und mit Klett-Aufklebern auf der Rückseite versehen. Der Hausmeister hatte ein Stück Teppich an der Wand direkt neben der Eingangstür der Klasse befestigt. Daran hingen jetzt circa einhundert verschiedene Symbole.

Ich führte Jennifer an der Hand zur Symbolsammlung und fragte: „Was möchtest du, Jennifer?" Jennifer schaute sich hektisch um. Sofort fand sie das Symbol mit der Toilette und nahm es von der Wand.

Sie warf es mir wütend in meine Hand. „Jetzt verstehe ich. Du möchtest zur Toilette!", sagte ich und öffnete die Klassentür. Die Mädchentoilette war direkt gegenüber unserer Klasse. Ich ging mit ihr zur Toilette, und sie ging hinein und setzte sich. Allerdings blieb sie nur sitzen, wenn ein Erwachsener vor der Tür stand. Es kam mir so vor wie „Schmiere stehen". Aber ohne dass ich auf sie gewartet hätte, wäre sie sofort wieder aufgestanden. Sie brauchte es irgendwie für ihr gutes Gefühl, dass alles in Ordnung war.

Kiwi-Desaster

„Am Ende der Osterferien haben wir ein Birnen-Desaster in Tims Rucksack entdeckt", lasen wir im Eltern-Mitteilungsheft unseres Förderschülers. „Wir haben eine halbe Stunde gebraucht, bis er wieder geruchlich erträglich war. Bitte geben Sie uns demnächst Bescheid, wenn Sie Tim am letzten Schultag vor den Ferien Obst mitgeben!" Manchmal gab es Obst als Dessert zum Mittagessen. Wir hatten Tim erlaubt, eine Birne mit nach Hause zu nehmen. Über die Osterferien hatte er sie leider vergessen. Das war etwas peinlich. Wir entschuldigten uns bei Tims Eltern für das Versehen.

Vom Kiwi-Desaster, das wir am Tag nach den Sommerferien in Tims Rucksack fanden, haben seine Eltern zum Glück nichts mitbekommen. Die Kiwi war noch genauso grün wie vorher. Der inzwischen flüssige und haarige Inhalt war noch nicht entwichen. Wir entsorgten die Kiwi diskret.

Alt

„Ich glaube, ich werde alt!", seufzte mein Kollege. Er ist Lehrer wie ich und quasi so fit wie ein Turnschuh. „Wie kommst du darauf?", fragte ich. „Wenn ein Schüler so leise redet, versuche ich ihn immer zu ermutigen", erklärte er. „Ich nehme dann die Schuld auf mich und sage, für mich müsst ihr bitte etwas lauter reden. Ich bin schon was älter, da hört man nicht mehr so gut." „Das hast doch nur du gesagt", gab ich zu bedenken. Er: „Das mag sein, aber früher haben die Kinder dann gelacht."

Satt

Wie soll man den Erwachsenen mitteilen, dass man satt ist und nichts mehr essen möchte? Wenn man viel versteht, aber selber nicht sprechen kann? Menschen mit einer autistischen Störung haben Schwierigkeiten, aus Fehlern zu lernen. Sie behalten eine Strategie, die sie einmal gewählt haben, für lange Zeit bei. Selbst wenn sie nicht zum Erfolg führt. Das führt manchmal dazu, dass Erwachsene die falsche Strategie nach einiger Zeit erfolgreich werden lassen. Sie adeln das Falsche, und es wird dadurch richtig.

Fast jedes Jahr wurde ich beauftragt, den Förderbedarf eines Kindergartenkindes zu begutachten. Kurz vor der Einschulung. Mehrmals hatte ich gleich Zwillinge mit autistischen Störungen. Zur Schonung der Nerven der Erzieherinnen waren sie in unterschiedlichen Kindergartengruppen untergebracht. Ein Kind hatte die Angewohnheit, den Teller wegzuwerfen, wenn es satt war. Es durfte keine Porzellanteller mehr benutzen. Es wäre sonst sehr gefährlich, von einem Porzellan-Frisbee getroffen zu werden. Die Erzieherinnen wussten dann, dass das Kind nichts mehr essen wollte. Es bekam auch nichts mehr. Die Botschaft war angekommen. Erfolgreich.

Später hatte ich in meiner Klasse der Förderschule einen Schüler, der würgte, wenn er satt war. Manchmal erbrach er sein Mittagessen auf seinen Tisch. Die Lehrerin beeilte sich, ihm sein Essen wegzustellen. Oder ihm einfach zu erlauben, mit dem Essen aufzuhören. So konnte sie einer Schweinerei auf dem Tisch vorbeugen. Ein anderer Lehrer erklärte ihm, dass das Würgen falsch sei. Er solle bitte sagen, was er möchte. Der Schüler gebärdete das Wort „fertig". Die Gebärde „fertig" konnte der Schüler schon. Man brauchte sie ihm nicht mehr beizubringen. Nach einigen Monaten gebärdete er „fertig", ohne vorher zu würgen. Dann wusste sein Lehrer, dass er satt war.

Ob er dies auch bei der anderen Lehrerin tun würde? Menschen mit Autismus haben Schwierigkeiten, Gelerntes auf unterschiedliche Situationen zu übertragen. Wahrscheinlich würgte er bei der einen Lehrkraft und gebärdete bei der anderen. Er musste erst lernen, dass die Gebärde „fertig" auch für das Mittagessen bei anderen Lehrkräften geeignet war. Oder dass er „fertig" sagen könnte. Sprechen konnte er mittlerweile. Leise zwar, aber er konnte. Warum er „fertig" lieber gebärdete, statt zu sprechen, wussten wir nicht.

Süßigkeiten

„G", tippte Jennifer, dann „O." Sie lief immer zwischen den Süßigkeiten und ihrer Bildschirmtastatur hin und her. Ich wurde neugierig, welches Wort sie gerade suchte.

Jennifer besuchte im zweiten Schulbesuchsjahr die Förderschule. Wegen einer autistischen Störung konnte sie nicht sprechen. Wir vermuteten aber, dass sie recht klug war im Vergleich zu ihren Klassenkameraden. Zunächst verständigte sie sich mit einer Auswahl an Bildkarten. Sie legte dem Lehrer immer das Symbol in die Hand, das für sie gerade von Bedeutung war. Obwohl wir eine Menge Symbole ausgedruckt und an die Teppich-befliesste Wand geklettet hatten, merkten wir schnell, dass die Symbole nicht ausreichten. Oder einfach nicht die Worte erfassten, die sie gerade sagen wollte. Jennifer brauchte einen Talker.

Ein „Talker" ist ein Tablet-Computer mit Sprachausgabe. Stephen Hawking hatte so einen, als er noch lebte. Natürlich einen komplexeren, zumindest was die Sprachsoftware betrifft. Hawking hatte mit seinem Talker wissenschaftliche Bücher geschrieben, die so anspruchsvoll waren, dass viele seiner Leser sie nicht verstanden. Prinzipiell kann man mit einem Talker so ziemlich alles ausdrücken.

Wenn man den Sinn von „sich ausdrücken" verstanden hat. Jennifer hatte ihren Talker sofort mit Feuereifer angenommen und ständig darauf herumgeklickt. Der Talker sagte dann immer die Bilder, die sie klickte, als Worte. Es gab auch eine Bildschirmtastatur mit Buchstaben. Die nutzte sie in letzter Zeit am liebsten. Wenn ich morgens in die Klasse kam, klickte sie auf das Foto ihres Lehrers. Ihr Talker sagte dann: „Herr Hülshoff." Man wäre versucht gewesen, ihr beizubringen, es müsse eigentlich heißen: „Guten Morgen, Herr Hülshoff!" Aber das hätte Jennifer nicht verstanden. „Guten Morgen!" war keine Information, die es sich lohnte zu erwähnen. Jennifer schrieb also die Dinge, die für sie gerade interessant waren. Unsere Hoffnung, sie würde uns damit mitteilen, wenn sie zum Beispiel etwas essen wollte oder satt war, aufs Klo oder zur Tür wollte, und was man sich sonst noch alles im Alltag sagen würde, erfüllte sich leider nicht. Jennifer benutzte den Talker, um alle Informationen zu benennen und in Worte zu fassen, die sie in der Schule erhielt. Also mehr als Instrument zur intellektuellen Entwicklung. Was ja durchaus richtig und wichtig war.

Jennifers Talker-Geplapper ging einigen Lehrern schon auf die Nerven. Wir erlagen aber nicht der Versuchung, ihr ihre elektronische „Stimme" wegzunehmen. Außer wenn das Essen zu sehr kleckste.

Jennifer tippte weiter: „L", „D", „B". Sie ging noch einmal zu den Süßigkeiten. Sie ging zurück zu ihrem Talker und tippte weiter: „Ä", „R", „E", „N." Sie klickte das Wort an, und der Talker sagte: „Goldbären." Der Schriftzug „Goldbären" war in diesem Moment für sie interessant. Warum sie gerade jetzt „Goldbären" sagen wollte, war uns ein Rätsel. Sie war die einzige, die keine Gummibärchen mochte.

Brotdosenfußball

Jamie heulte. Und war wütend zugleich. Dass Schüler kurz nach der zweiten großen Pause an das Lehrerzimmer klopften, kam alle Nase lang vor. Dieser Fall war nicht gerade alltäglich.

Mit einer wütenden Handbewegung streckte er den Zeigefinger in Richtung seiner Hose. Als wäre er ein Vater, der seinem Kind das nicht aufgeräumte Zimmer vorwarf, das er längst hätte in Ordnung bringen müssen. Oder als wäre er der Lehrer, der auf schlampige Heftführung hinwies, die auf der Stelle in Ordnung gebracht werden müsste. Diese Erwartung war unübersehbar. Da war etwas geschehen, das dringend in Ordnung gebracht werden müsste. Und ich, der Lehrer, sollte es tun. Das schien Jamies Zeigefinger auszudrücken.

Dann erkannte ich es. Wenn man Jamies Zeigefinger folgte, war dort ein Tomatenstreifen auf Jamies Hose. Nicht Ketchup, sondern richtige Tomaten. Ein Streifen zerplatzter Cherry-Tomaten war von oben bis unten auf seiner Hose verteilt. Das sei so peinlich, was auf seiner Hose sei, meinte Jamie. Er benötige dringend Hilfe.

Ich ging mit Jamie in Richtung Klasse, und da kam schon Jamies Klassenlehrer. Jamie habe sich furchtbar aufgeregt und ihn, den Klassenlehrer, mit übelsten Schimpfworten beleidigt. Auf dem Fußboden des Flures vor Jamies Klasse lagen zwei zerbrochene Brotdosen mit Inhalt. Eine Brotdose gehörte Jamie. Die andere war die mit den Tomaten. Sie gehörte Ayce, einer Schülerin der Parallelklasse. Jamie und Julian hatten Fußball mit Ayces Brotdose gespielt. Als sie zerbrach, waren die Tomaten in zahlreiche Teile zerplatzt und hatten sich über Jamies Hose verteilt. Aber warum war Jamies Brotdose auch kaputt? Jamie hatte sich über die Peinlichkeit der beschmierten Hose aufgeregt. Er hatte vor Wut seine eigene Brotdose auf den Boden geworfen. Die Brotdose war zerbrochen, und die Brote lagen auf dem Fußboden.

Jamie erzählte mir alle Details, ohne auch nur einen Teil seines Fehlverhaltens auszulassen. Ich hatte Schwierigkeiten, mir das Lachen zu verkneifen. Jamie hatte immer noch Tränen in den Augen. Er hatte schon einen Teil der Strafe bekommen, durch seine eigene Wut. Dass er die Brotdose der Mitschülerin nicht hätte zerstören dürfen, das sah er ein.

Jamie brachte sich ständig in Schwierigkeiten. Er besuchte erst seit kurzem die fünfte Klasse der Gesamtschule. Wir hatten bei der Einschulung erwartet, einen extrem schwierigen Schüler zu erhalten. Irgendwie war er das auch. Aber er hatte auch einen freundlichen und liebenswürdigen Charakter. Leider dachten nicht alle Lehrer so, und das konnte man ihnen nicht übel nehmen. Wir vermuteten, dass Jamies sonderbares Verhalten auf einen Asperger-Autismus zurückzuführen war. Aber ich traute damals meiner eigenen Vermutung nicht. „Andreas, pass auf", ermahnte ich mich immer wieder selber, „dass du nicht in jedem Schulkind diejenige Störung zu erkennen glaubst, mit der du dich am meisten beschäftigt hast!" Man sagt, dass Menschen mit Autismus-Spektrum-Störungen keine "Theory of Mind" haben, also keine Ahnung, was im Kopf der Mitmenschen vorgeht. Zudem haben sie geringe Fähigkeiten, Probleme zu lösen. Sie behalten eine Strategie einmal bei. Sie lernen nicht aus Fehlern, selbst wenn die Strategie sich offenkundig als unwirksam erweisen sollte.

Jamie hatte Mist gebaut. Das gab er zu, ohne mit der Wimper zu zucken. Aber wie sollte er das Problem der Tomatenhose lösen? Er hatte nicht die

Spur einer Idee, wie die peinliche Verschmutzung verschwinden könnte.

Julian und Jamie sollten zunächst in einem freien Klassenraum aufschreiben, was passiert sei. Die Mitschüler begannen unterdessen mit der fünften Unterrichtsstunde. Jamie wollte aber nicht mit dem Schreiben anfangen, ohne das Tomatenproblem gelöst zu haben. Ich schlug ihm vor, seine Hose am Waschbecken des Differenzierungsraumes mit Papiertüchern zu säubern. Über diesen Vorschlag war Jamie sehr dankbar, und er setzte ihn problemlos um. Von den Tomaten war nur noch eine farblose feuchte Spur auf der Hose. Die Feuchtigkeit würde schnell trocknen.

Als sie ihr Fehlverhalten aufgeschrieben hatten, fegten sie noch schnell alles Gemüse vom Fußboden. Julian bot an, Geld für eine neue Brotdose mitzubringen. Nun sollten die beiden Übeltäter an die Tür der Parallelklasse klopfen, sich bei Ayce entschuldigen und Ersatz des Schadens geloben. Brotdosenfußball spielte Jamie nie wieder.

Gaming-Flash

Ich hatte noch die eine oder andere Kleinigkeit zu besprechen mit Kevin. Doch die Probleme ließen sich schnell lösen. Im Grunde war ich froh darüber, dass sich seine Ängste vor dem achten Schuljahr mehr und mehr auflösten. Das war nicht immer so gewesen.

Kevin galt unter den Mitschülern als Sonderling. Erst hatte man ihm eine Hyperaktivitätsstörung attestiert. Wegen seiner Unruhe und seines unberechenbaren Verhaltens. Er wurde an der Gesamtschule sonderpädagogisch gefördert. Seine Klasse war leider sehr unruhig. „Ich habe keine Freunde in der Klasse. Alle sind ätzend zu mir", hatte er geklagt. Das war meistens so: Entweder fand er alles ganz toll. Dann hätte er Bäume ausreißen können, träumte von einer Karriere als Informatiker oder Pilot. Oder alles war Scheiße, und die Mitschüler waren angeblich alle blöd.

Im fünften Schuljahr hatte ich Kevin kaum in meiner Nähe ertragen können – so sehr hibbelte er hin und her. Schwang in seinen Händen immer irgendwelche Gegenstände. Später wurde er etwas ruhiger. Nun vermutete man eine Störung des autistischen

Spektrums. Das würde einiges erklären. Die Mitschüler fanden ihn immer noch sonderbar. Aber manchmal auch ganz nett.

„Könnte man nicht Gaming in der Schule anbieten?", fragte Kevin unvermittelt. „Das wäre doch eine tolle Sache. Warum gibt es in der Schule nicht Gaming als Unterrichtsfach?" „Ich habe im Fernsehen mal eine Schule in den Niederlanden gesehen, da gab es Gaming als Unterrichtsfach. So eine Art Pilotprojekt", antwortete ich unsicher. Ich war mir nicht sicher, was ich mit Kevins Vorschlag anfangen sollte. Außerdem fand ich, es gebe genug Schüler, die die Nacht zum Tag machten. Weil sie Computerspiele spielten. Und dann morgens in der Schule nicht fit waren. Ich war nicht sicher, ob ich die Idee gutheißen wollte. Doch er war gerade völlig geflasht. „Das wäre doch eine tolle Idee, und außerdem kann man dabei eine Menge lernen: Englisch, Mathe, Physik – einfach alles Mögliche! Wie kann ich erreichen, dass bei uns Gaming in der Schule eingeführt wird? Spätestens zum nächsten Schuljahr. Das will ich unbedingt", meinte er und erhoffte verbindliche Antworten.

Die ich natürlich nicht hatte. Ich antwortete mit einem Allgemeinplatz: „Für sowas ist bei uns zuständig ... der äh .." Stimmt ja, den gibt es, fiel mir ein.

Ich erklärte weiter: „…didaktische Leiter! Der Herr Bunse! Den könnten wir fragen. Sein Büro ist gleich um die Ecke." Endlich war mir eingefallen, an wen ich Kevins sprühende Energie ableiten, an wen ich die Frage delegieren konnte. Zum Glück war er in seinem Büro. „Ich habe eine richtig gute Idee, was wir unbedingt an dieser Schule einführen sollten", erklärte Kevin hoch motiviert. Kollege Bunse ließ sich das Vorhaben schildern und befand es für gut. Zum Beispiel als freiwillige Arbeitsgemeinschaft. Kevin möge sich bitte schlau machen und ein kleines bisschen Werbung machen. Um einen kompetenten Lehrer zu finden.

Versteckspiel

Ich schaute auf mein Mobiltelefon. Auf einem ver-
breiteten sozialen Netzwerk fand ich ein paar wü-
tende Sprechblasen. Von einer Telefonnummer, die
nicht im Telefonbuch stand. Das waren die der
Schülereltern. Am Ende der Übergangsfrist zur Eu-
ropäischen Datenschutzgrundverordnung hatte ich
vorsichtshalber die Telefonnummern der Schülereltern gelöscht. Es war irgendwie praktisch gewesen
– wer beim Übertragen des Tafelbildes getrödelt
hatte, hatte es sozusagen als Hausaufgabe bekommen. Ich hatte es einfach abfotografiert und der
Mutter auf ihr Mobiltelefon gesendet. Für den
Dienstgebrauch war das nicht mehr erlaubt. Die
Schülereltern sendeten trotzdem manchmal noch
Nachrichten.

Diese Mutter verhielt sich offenbar ziemlich res-
pektlos, fand ich. Sie duzte mich und sendete wü-
tende Smileys. Oh, doch nicht! Das war ja nur eine
weitergeleitete Nachricht. Ich konnte mir schon
denken, von wem. Linus fehlte schon wieder in
Evangelischer Religion. Ich fragte mich, ob er seinen
Religionslehrer überhaupt wiedererkennen würde.
Der Dialog lautete etwa so:

„Warum rufst du mich immer im Unterricht an"
Statt eines Fragezeichens: wütender Smiley.

„Weil ich gerade von der Schule angerufen bin, dass du nicht da bist" Statt eines Punktes am Satzende: wütender Smiley.

„Ich sitze im Unterricht."

„Bei welchem Unterricht?"

„Religion."

Jetzt fiel es mir ein. Ich hatte bei den Erziehungsberechtigten angerufen, weil das Kind weder im Unterricht war, noch krankgemeldet. Das Schwänzen schien eine schlechte Angewohnheit zu werden. Die Mutter bestätigte, dass das Kind ebenso gesund war, wie rechtzeitig von zu Hause aufgebrochen. Sie versprach, Linus telefonisch erreichen zu wollen. Sie befürchte, dass er sich auf dem Spielplatz aufhalte.

Nach einer Weile rief sie ebenso beruhigt wie erheitert an. Sie habe ihren Sohn zwar nicht anrufen können, aber er habe ihr eine Nachricht geschrieben. Er befinde sich im Religionsunterricht. „Das möchte ich doch sehr stark bezweifeln", gab ich zu bedenken, „schließlich habe ich eben noch im Klassenraum mit dem Religionslehrer gesprochen. Linus fehlte. Aber ich habe gerade Zeit und schaue gerne noch einmal nach. Vielleicht ist er ja inzwischen aufgetaucht." Der Wahrheitsgehalt von Linus' Äußerungen war immer sehr mit Vorsicht zu genießen. Fast wäre ich versucht gewesen zu sagen, allein weil er es behauptet habe, musste es ja schon falsch sein. Aber ich wollte ihm dennoch nicht unrecht tun und schaute nach: Vertrauen ist gut – Kontrolle ist besser. Das pflegte ich Linus immer zu sagen, wenn er mich fragte, warum ich ihm nicht glaube oder nicht vertraue.

Zum Glück war der Klassenraum direkt neben dem Lehrerzimmer. Ich rief abermals an: "Ich war gerade noch im Klassenraum. Alle waren da, nur Linus nicht." "Er hat noch gesagt", sagte seine Mutter, "Frau Buschmann-Franke ist krank, und er hat gerade Vertretung." "Das ist lustig", meinte ich. "Ist Linus neuerdings katholisch?" Frau Buschmann-Franke, das wusste ich, war nicht nur Linus' Klassenlehrerin, sondern an diesem Tag krank. Aber sie unterrichtete eben Katholische Religion. Und Linus war evangelisch. Ich hoffte, Linus' Mutter würde ihrem Sohn zu Hause ein paar Takte sagen. Noch so eine schlechte Angewohnheit: Lügen!

Am nächsten Morgen schrieb Linus eine Mathematikarbeit. Wenn man den Satz des Pythagoras gekannt hätte, wäre es möglich gewesen, allerhand Dreiecke zu berechnen. Aber die Stunden, an denen man ihn gelernt hätte, muss Linus wohl gefehlt haben. Mein Mitleid hielt sich in Grenzen. Mein Wink mit dem Zaunpfahl „Ihr wisst doch: A-Quadrat plus B-Quadrat gleich C-Quadrat!" half ihm auch nicht weiter.

„Warum rufen Sie immer zu Hause bei mir an?", fragte Linus. „Der Religionslehrer hat mir mein Handy abgenommen, weil es geklingelt hat." Es stimmte, wenn das Telefon im Unterricht klingelte, was ja abgeschaltet sein müsste, wäre es gängige Praxis, das Telefon bis zum Unterrichtsende im Sekretariat zu verwahren. Sonst nähmen Schüler die Schulregeln nicht ernst. „Und der Religionslehrer hat deiner Mutter vermutlich auch eine Nachricht mit wütendem Smiley geschrieben, warum rufst du mich immer im Unterricht an?", entgegnete ich. „Warum hast du deine Mutter belogen? Und warum hast du mich gerade belogen?"

Maskenmann

In der vorletzten Deutschstunde vor den Weihnachtsferien sollten die Schüler in Partnerarbeit eigene Kurzgeschichten verfassen. Das Engagement
war durchaus vorhanden – wenn auch unterschied-
lich ausgeprägt. Eine der Geschichten gefiel mir anfangs nicht so gut. Die Wendung erschien mir nicht
hundertprozentig plausibel. Die Verfasser waren
nicht die allerbesten im Deutschunterricht. Einer
von ihnen extrem unruhig und mit Schwierigkeiten,
sich angemessen zu verhalten. Der andere der beiden war vor drei Jahren aus Syrien geflüchtet. Er
kämpfte noch mit der deutschen Sprache.

Als die Schüler mehrmals ihre Geschichte vorlasen,
änderte ich meine Meinung. Mir gefiel ihre
schlichte Schönheit und Herzenswärme. Vor allem
wenn man bedenkt, dass die Mitschüler häufig eine
düstere Thematik gewählt hatten. Oder Geschichten, die am Ende unerwartet schlecht ausgingen.
Diese Kurzgeschichte lautete in etwa so:

„Plötzlich bemerkte die alte Dame einen maskier-
ten Mann im Treppenhaus. Er näherte sich von hinten. Sie bekam einen furchtbaren Schreck, denn der
Fremde schien ihr zu folgen. Nach einiger Zeit holte
er sie ein. Er umgriff ihren Kopf von hinten und hielt

ihr die Augen zu. Die Strumpfmaske kratzte im Gesicht.

Dann nahm er seine Hände von ihren Augen. Sie drehte sich um und sah ihn an. ‚Liebe Oma, alles Gute nachträglich zum Geburtstag!', sagte der Fremde und zog seine Wintermütze aus. Es war ihr Enkel."

Regenbogenfarbenes Schwimmbrett

„Irgendwie kurios", dachte ich, „dass so viele im fünften Schuljahr noch nicht richtig schwimmen können!" Ich unterrichtete die Gesamtschul-Klasse gemeinsam mit einem Kollegen. Manchmal sogar mit zwei.

In meiner eigenen Grundschulzeit hatten wir eine eigene Schwimmhalle. Es war zwar nur eine kleine Grundschule auf dem Dorf. Aber aus irgendeinem Grund, den ich nicht kenne, hatte unsere Schule ein eigenes Schwimmbad. Damals hatte ich angenommen, dass jede Grundschule ein eigenes Schwimmbad besäße. Unseres hatte sogar einen Hubboden. Der Schwimmlehrer hatte gern mit den Knöpfen gespielt. Ein- bis zweimal die Unterrichtsstunde hatte er die Wassertiefe verstellt. Wir hatten dann am Rand gesessen und dem Geblubber zugesehen. Im zweiten Schuljahr waren damals neue Schüler gekommen. Wir hatten uns ein wenig lustig gemacht, dass sie noch nicht schwimmen konnten.

Nun war ich also Lehrer in der fünften Klasse, und manche Schüler konnten noch nicht schwimmen. Es gab ein Schwimmer- und ein Nichtschwimmerbecken. Wir teilten die Lerngruppe. Sonst wären entweder die einen ertrunken, oder die anderen hätten sich gelangweilt. Ich hatte die Nichtschwimmer. Das war praktisch, denn Jamie war mein Sorgenkind in der Klasse. Eigentlich ein netter Kerl. Aber mit seinem Verhalten brachte er sich ständig in Schwierigkeiten. Es endete meist damit, dass er heulte und schimpfte wie ein Rohrspatz. Man musste aufpassen, dass ihm niemand in die Quere kam.

Nach einigen Wochen konnte ich die meisten ehemaligen Nichtschwimmer zur Seepferdchen-Prüfung schicken. Es blieben noch Jamie und Celina. Sie taten sich immer noch schwer. Celina legte sich mächtig ins Zeug, aber sie schwamm mit einem starken Hüftknick. Sie bremste allen Vortrieb, den sie mit den Füßen erarbeitet hatte, mit den Oberschenkeln wieder weg. Ich versuchte ihr beizubringen, die Hüfte gerader zu halten. Bei der nächsten Übung blieb ihr Körper gerade wie ein Brett, vom Kopf bis zu den Knien. Die Unterschenkel waren dafür 90 Grad nach oben abgeknickt. Sie rührten in der Luft. „Hm … so geht es auch nicht!", dachte ich.

Jamie machte oft die Übungen gut. In der nächsten Runde regte er sich über irgendein Kinkerlitzchen auf, schimpfte und machte alles verkehrt. Diesmal war es das regenbogenfarbene Schwimmbrett. Ich legte zwei Schwimmbretter auf den Beckenrand:

Ein blaues Schwimmbrett und eines mit regenbogenfarbenen Streifen. Das war mein Fehler: Die beiden Bretter waren nicht gleichwertig.

Die beiden Kinder sollten sich mit dem Bauch auf eines der Schwimmbretter legen. Dann sollten sie den Bewegungsablauf an Land üben. Beide Kinder entschieden sich für das Schwimmbrett mit Streifen in Regenbogenfarben. Celina war schneller. Jamie legte sich auf das blaue Schwimmbrett. Er ärgerte sich, dass er das regenbogenfarbene Schwimmbrett nicht hatte erreichen können. Während des Übungsablaufes äußerte Jamie lautstark seinen Unmut. Nach seiner Erwartung müsse vor dem Ende der Übungen ein Tausch stattfinden. Die Nutzungszeiten des beliebteren regenbogenfarbenen Schwimmbrettes wären dann sozusagen gleichwertig. Muss er wohl gedacht haben.

Die Regenbogenfarben wurden mir jetzt zu bunt: Jamies Beschwerden wurden richtig unangenehm. Ich beschloss, das regenbogenfarbene Schwimmbrett ganz wegzulegen. Ich gab stattdessen ein zweites blaues Schwimmbrett aus. Damit es keinen Streit mehr gab, sollten die beiden Kinder im Becken mit gleichfarbigen Schwimmbrettern üben. Celina begann sofort mit den Übungen. Jamie schloss sich nach einiger Zeit an. Weinend schwamm er langsam zur anderen Seite. Er schob immer wieder wütend das Schwimmbrett von sich, nahm es wieder und schwamm mit wütenden Beinschlägen etwas schneller. Ich lobte Jamie für seinen guten Beinschlag.

Fast wäre jetzt alles gut gegangen. Es gab dann noch ein Wortwechsel zwischen Jamie und seinem Klassenlehrer. Nun war alles aus. Jamie brüllte: „Das ist ungerecht!" Der Klassenlehrer schickte ihn in die Umkleidekabine. Jamie muss wohl noch eine halbe Stunde auf der Bank gesessen haben. Erst dann war er bereit, sich umzuziehen.

Geburtstagszigaretten

„Denis hat mir auch so'ne Geschichte erzählt", meinte Hennes während der großen Pause im Lehrerzimmer. Es ging gerade darum, dass gleich mehrere seiner Schüler mit dem Gesetz in Konflikt gekommen waren. Und sie schienen sich nicht einmal zu schämen, in Anwesenheit ihres Lehrers davon zu erzählen. „Einmal hab ich Zigaretten geklaut, hat Denis gesagt, da war ja schließlich sein Geburtstag. Und als er zu Hause die Packungen ausgepackt und nachgezählt hat, da waren es zwölf Packungen. Da hat er dann gemeint, ich bin doch heute dreizehn geworden und nicht zwölf. Er wäre dann wieder in denselben Laden gegangen, um die dreizehnte Packung zu klauen. Und das war dann die, bei der er erwischt worden ist. Wo die Polizei schon mal seine Akte bearbeitet hat. Und weil er jetzt zu seinem nächsten Geburtstag strafmündig geworden ist, ist die Polizei gekommen und hat gratuliert. Junge, wir haben so eine dicke Akte über dich, haben sie gesagt. Herzlichen Glückwunsch zum Geburtstag! Der ist ja heute. Beim nächsten Mal gehst du in den Knast!"

Reiselust

Mondfinsternis

Die Mondfinsternis am Abend unseres ersten Ur-
laubstages wollten wir auf keinen Fall verpassen.
Der Weg zum Urlaubsort war weit. Schon frühzeitig
suchten wir auf halbem Wege einen Campingplatz
aus. Wir wollten entspannt zu Abend essen und uns
dann auf die Stühle setzen, um das Naturschauspiel
zu genießen.

Der Campingplatz war idyllisch an einem Flusstal
gelegen. Ganz nah am Wasser. Hohe Felswände
ragten zu beiden Seiten des Flusses auf. Wir hatten
gegessen und saßen auf unseren Stühlen. „Wo ist
denn jetzt der Mond?", fragte sie. „Vermutlich hinter diesem Berg", antwortete ich. „Wann genau
sollte er denn aufgehen?" „Die Mondfinsternis
sollte vor zehn Minuten begonnen haben", sagte sie
ungeduldig. Freunde von uns stellten die ersten Fo-
tos des Naturereignisses ins Internet. Wir sahen uns
die Mondfinsternis auf facebook an.

Karnevalsfrei

Schulen können in meinem Bundesland einen Teil der beweglichen Feiertage selbst wählen. Meist werden Feiertage an Donnerstagen oder Dienstagen durch einen „Brückentag" am Freitag bzw. Montag ergänzt. Und so in ein vier Tage langes Wochenende verwandelt. Aber jedes Jahr fehlten ein bis zwei Brückentage. Ärgerlich!

Weil Karneval immer Vorrang hatte, wurden jedes Jahr zwei Tage vergeudet. Für ein langes Karnevalswochenende. Darüber war ich nie glücklich.

Bis ich feststellte, dass im Februar der beste Schnee liegt. In Bayern und in Österreich kann man prima Ski oder Schi laufen. Besser als in den Weihnachtsferien. Seitdem plädiere ich jedes Jahr für möglichst viele Tage karnevalsfrei. Richtig jeck bin ich geworden.

Diebisches Autoradio

„Das Radio hat hinten einen USB-Anschluss. Da können Sie das Kabel für ein Navi einstöpseln. Und dann oben durch das Loch im Armaturenbrett fädeln. Dann baumeln nicht so viele Kabel herum." Helmut hatte keine Veranlassung, an der Aussage des Vorbesitzers seines Gebrauchtwagens zu zweifeln, eines kleinen Wohnmobils. Aber gefunden hatte er die Stöpselei nie.

„Hast du meine Ohrstecker gesehen? Das gibt's doch nicht, immer verschwinden meine Ohrstecker!" In jedem Campingurlaub vermisste Helmuts Freundin mindestens einen Ohrstecker. Dabei hatte sie sie immer in eine der vielen Ablagen gelegt. Welche, das wusste sie immer genau. Am liebsten die kleine Vertiefung über dem Radio. Da passten sie so schön rein.

„Ach da ist das Loch!", meinte Helmut plötzlich. „Für das USB-Kabel. Das habe ich drei Jahre lang gesucht. Alle deine Ohrstecker müssen im Schacht hinter dem Autoradio liegen."

Vorzelt

Helmut hatte lange nachgedacht. Sich auf der Campingmesse inspirieren lassen. Schon fast war er entschlossen gewesen, ein Loch ins Dach seines VW-Bulli sägen zu lassen. Für ein Klappdach mit zusätzlicher Schlafmöglichkeit. Dann hätte er unter dem Schlafbett einen Aufenthaltsraum mit Küche. Oben im Dach wäre dann der Schlafraum. Man musste nicht mehr umbauen. Nicht jeden Morgen und nicht jeden Abend. „Lohnt das noch?", hatte ihn selbst der Klappdachverkäufer gefragt. Helmuts Bulli war nicht gerade der jüngste.

Ein Vorzelt hatte ihm auf der Campingmesse besonders gefallen. Eine runde Kuppel für eine Sitzgruppe. Mit Stangen brauchte man nicht zu hantieren. Blies die voluminösen Stangen stattdessen mit einer großen Kolbenluftpumpe auf. Die war sogar im Preis inbegriffen. Im Firmenvideo auf Youtube schaffte der Fachmann den Aufbau in wenigen Minuten. Der Abbau ging sogar noch schneller. Das Vorzelt sollte Helmuts Aufenthaltsraum auf dem Campingplatz werden.

Die Sportsfreunde beneideten Helmut. Und spotteten gleichzeitig. Helmuts Kuppelzelt wurde „Mondlandefähre" genannt. Wegen der grauen Farbe.

Und wegen der Form natürlich. „Das soll doch so eine Luxusmarke sein", meinte einer. „Die Technik von diesem Hersteller ist wirklich ausgereift. Wenn ein Zelt ausgereift ist", hatte der Verkäufer gemeint, „dann dieses." Nun ja, es war auch so ziemlich das teuerste. Wenn auch viel billiger als das Klappdach. Bis jetzt hatte Helmut Zelte meistens bei Aldi gekauft – und höchstens zweistellige Euro-Beträge ausgegeben. Er war immer rundum zufrieden gewesen. Nun war es Zeit, sich etwas zu gönnen.

Helmut schaute mitleidig auf die kleine Menschenansammlung gegenüber seines Bullis. Während er sein Vorzelt allein aufpumpte, benötigte ein Sportkamerad für sein Wohnwagenvorzelt die gesamte Mannschaft. Mindestens sechs Personen zerrten, zogen und stützten. Regieanweisungen wurden gerufen – Schreckensschreie ausgestoßen. Langsam und mühsam zog man das Wohnwagenvorzelt in die Kederleiste. Und würde es alle paar Nächte neu abspannen und sichern müssen.

Helmuts Busvorzelt stand. Er stöpselte die Luftpumpe ab. Zog den Reißverschluss an einer der Türen auf. Rollte die Tür ein. Und die anderen auch. Es war brüllend heiß. Bald würde es im Vorzelt unerträglich sein. Darum wollte Helmut so schnell wie möglich alle Türen öffnen. Und alle Fliegenfenster.

Ein lauter Knall. Die „Mondlandefähre" fiel in sich zusammen. War nur noch eine kreisrunde graue Hülle. Helmut stand etwas verloren neben dem Haufen aus Zeltplane. Das Luftgestänge war völlig zerplatzt. Das mitgelieferte Fahrradflickzeug hätte zehnfach vorhanden sein müssen – und doch nicht gereicht. Das Zelt war nagelneu. Und im Eimer.

Meiern

Bei einer Sport-Gruppenreise waren wir als junge Erwachsene in Italien unterwegs. Die Reisegruppe umfasste circa dreißig Personen. Wir wohnten in einem rustikalen Gästehaus auf dem Lande. Nach dem Abendessen schlug der Reiseleiter das Spiel „Meiern" vor, ein Würfelspiel mit Ausscheiden. Jeder legte eine festgelegte Anzahl von Centmünzen vor sich auf den Tisch. Wer beim Würfeln unterlag, musste einen Cent abgeben. Wer keinen Cent mehr hatte, durfte eine Runde „schwimmen". Unterlag er erneut, so schied er aus. So hatten wir etwa ein bis zwei Stunden Spaß.

Bis es dann langweilig wurde. Zu meiner Verteidigung kann ich anführen, dass auch Getränke gereicht wurden. Ein Mitspieler schlug „Strip-Meiern" vor. Das sei so ähnlich wie Strip-Poker, nur mit Meiern. Wer unterlag, sollte ein Kleidungsstück ablegen. Wer nichts mehr als seine Unterwäsche trug, würde schwimmen und in der nächsten Runde ausscheiden. Weiter würden wir nicht gehen, um nicht anrüchig zu erscheinen. Außer der Reisegruppe waren fast keine anderen Menschen im Haus. So würde es keine Peinlichkeiten mit anderen Gästen geben. Kurz vor Ende des Spiels erschien dann doch ein Ehepaar – ausgerechnet diejenigen Zeitgenossen, die ständig über die Reisegruppe nörgelten. Sie waren bestimmt nur deshalb erschienen, um sich gestört zu fühlen. Und sich am folgenden Tag über die Reisegruppe zu beschweren. Was sie dann auch taten.

Nach knapp einer Stunde Spielzeit hatten die Frauen vor sich jeweils einen kleinen Haufen Kostbarkeiten liegen: Ohrringe, Armreifen, Deko-Schals, Ketten und dergleichen. Davon abgesehen, waren sie vollständig gekleidet. Die Männer hatten von alledem nichts. Sie saßen überwiegend in Unterwäsche am Tisch. „Irgendetwas muss schief gelaufen sein!", meinte der Reiseleiter.

Unverfehlbar

Ein bekanntes Vorurteil besagt, dass Männer nie gerne nach dem Weg fragen, während Frauen dies ausgesprochen gern und häufig tun. Ich kann es bestätigen. Es ist kein Vorurteil. Es stimmt!

Ich war mit Lizzy und Tom auf dem Fahrrad unterwegs. Wir wollten über ein Gewirr von Feldwegen zu einem Radwanderweg in Ostfriesland. Diesem würden wir bis zu einer Jugendherberge folgen. Dort wollten wir übernachten. Es war schon am Nachmittag. Den Weg hatten wir uns auf der Karte eingezeichnet. GPS-Navigation gab es noch nicht. Zumindest nicht für Fahrräder. Lizzy war die einzige Frau in unserer Gruppe. Einen Tag später wollte noch eine andere Freundin hinzukommen, aber an diesem Tag war Lizzy die einzige.

„Wir haben uns verfahren!", rief Lizzy ungeduldig. „Warum hältst du nicht? Wir müssen diesen einen Weg finden, der auf der Karte steht!" „Ich weiß, dass wir uns verfahren haben", argumentierte ich, „aber es ist egal. Unser Ziel ist der Radwanderweg, der entlang der Nordsee führt. Ob wir ihn etwas weiter links oder rechts erreichen, spielt keine Rolle. Die Nordsee kann man nicht verfehlen. Wir müssen nur grob in die Richtung etwas rechts von der Sonne zielen. Dann werden wir früher oder später an der Nordsee sein. Nur wenn wir nasse Füße bekommen, sind wir zu weit gefahren."

Lizzy fühlte sich auf den Arm genommen. Sie murmelte noch etwas über Männer, die sich einfach weigern, nach dem Weg zu fragen. Die Nordsee haben wir schließlich gefunden – ohne nasse Füße.

Zahltag

„Are you going to pay?", fragte der japanische Anrufer mehrmals. Tante Marion stutzte. Nicht dass sie ihn nicht verstanden hätte. Er hatte zwar einen starken Akzent, und die Verbindung rauschte. Aber Tante Marion war Englischlehrerin und verstand sehr gut. Jetzt sagte er noch, dass seine beiden Kinder Annegret und Hans-Friedrich dringend Geld benötigten. Marion solle bitte eine Bargeldauszahlung in Tokyo anweisen. Es stimmte, die beiden waren in Tokyo. Aber dass ein Japaner für ihre beiden Kinder Geld wollte? Dass die Kinder schon erwachsen waren und eigentlich für sich selbst sorgen konnten, spielte keine Rolle. Aber hier war etwas faul, war sich Tante Marion sicher. „Of course not. I won't pay", sagte sie bestimmt und legte auf. Der Japaner rief noch einmal an und wollte dasselbe. Tante Marion blieb hart.

Als sie zum zweiten Mal aufgelegt hatte, wurde ihr mulmig zumute. Was würde der Japaner mit seinen beiden erwachsenen Kindern tun, wenn sie nicht – wie gefordert – zahlen würde? Eben noch hatte sie sich geweigert, und jetzt bekam sie langsam Panik. Was war da passiert? Annegret und Hans-Friedrich waren in Japan. Dort wollten sie einen japanischen

Brieffreund besuchen. Er war sogar Professor. Doch seine Wohnung war so winzig, dass er die zwei Gäste nicht hätte unterbringen können. So wohnten Annegret und Hans-Friedrich in einem Hotel. Außerdem wollten sie das Land und seine Sehenswürdigkeiten kennen lernen.

Nach einer Weile rief Annegret selbst an. Sie und Hans-Friedrich benötigten Geld. Das wusste Tante Marion schon. Der neuerliche Anruf trug nicht zur Beruhigung bei. „Marion dachte", erzählte Onkel Herbert später, „ihre beiden Kinder sind entführt worden, und sie soll Lösegeld zahlen." Onkel Herbert hielt sich den Bauch vor Lachen. Die Erzählung bereitete ihm diebische Freude. „Was hättest du denn gedacht", entgegnete Tante Marion gereizt, „wenn jemand anruft und Geld haben will für die Kinder?"

Hans-Friedrich erzählte: „Wir hatten einfach zu wenig Geld mitgenommen. Uns ist nichts gestohlen worden. Wir hatten uns einfach geirrt." „Und das Geld für das Telefongespräch hätten wir uns gerne gespart", erklärte Annegret. „Wir hatten nämlich wirklich nicht mehr viel Geld. Darum haben wir im Hotel ein R-Gespräch nutzen wollen, bei dem der Angerufene zahlt. Wenn es denn geklappt hätte.

Nach den drei Telefonaten nach Deutschland waren wir dann sozusagen blank."

Privileg

Onkel Gerald grinste. Er hatte sich nicht getäuscht. Seinen beiden erwachsenen Söhnen hatte er ein Angebot gemacht, dem sie nicht würden widerstehen können. „Wenn es sich so verhält", hatte einer von ihnen gesagt, „würden wir doch gerne mit euch in den Urlaub fahren." Dabei hatten sie nach dem vergangenen Urlaub noch entschieden geklungen, als sie gemeint hatten, der Urlaub wäre sehr schön gewesen, aber zukünftig würden sie doch lieber nicht mehr mit ihren Eltern verreisen wollen. Sie seien einfach zu alt dazu. Die Interessen seien zu verschieden. Nun liebten Tante Henrike und Onkel Gerald ihre Söhne sehr. Darum wollten sie auf ihre Gesellschaft nicht verzichten. Der eine Sohn absolvierte gerade ein Freiwilliges Soziales Jahr und wollte anschließend studieren. Der andere bereitete sich auf sein Abitur vor.

Diesmal sollte die Reise nach Florida gehen. Dort würden sie ein Auto mieten und eine Art Rundreise machen: Miami, Miami Beach, die Everglades, die Florida Keys, Cape Canaveral, die Westküste, Orlando, Disneyland und alle anderen Freizeitparks würden sie besuchen. Alle Sehenswürdigkeiten eben. Einem solchen Angebot, da war sich Onkel

Gerald sicher gewesen, würden seine Söhne nicht widerstehen können.

Nach einigen Tagen erreichten sie die Florida Keys. Eine Inselkette ganz im Süden des Bundesstaates, die nur durch Brücken miteinander verbunden ist. Die südlichste dieser Inseln ist die berühmteste: Key West. Hier soll sich Ernest Hemingway häufig aufgehalten haben. Das Motel war zwar nicht komfortabel und nicht besonders sauber, aber dafür teuer. Aber was soll's? Man war eben in Key West und nicht irgendwo. Und wer weiß, vielleicht hatte auch Hemingway schon in einem dieser Zimmer gewohnt.

Die Söhne und die Eltern bezogen jeweils ein Zimmer. Da bemerkte Tante Henrike, dass das Fenster sich nicht richtig schließen ließ. Sie fühlte sich nicht wohl – schließlich hätte so gut wie jeder nachts in das Schlafzimmer eindringen können. Das Zimmer der Kinder sah noch dazu etwas größer aus. Das gefiel Tante Henrike nicht. Die Eltern hätten im Zweifelsfall die erste Wahl, welches Zimmer sie erhielten. War das nicht so etwas wie ein Privileg der Eltern? Nicht, weil sie die Reise bezahlt hatten. Sondern weil sie einfach die Erwachsenen waren.

Den Söhnen war es egal. Ihnen gefielen beide Zimmer. So tauschten Eltern und Kinder ihre Zimmer.

„Habt ihr wenigstens gut geschlafen?", fragte Tante Henrike am nächsten Morgen. Die Kinder wunderten sich. „Natürlich, sehr gut sogar!", antworteten sie. „Aber wieso fragst du?" „Ooch!", stöhnte Tante Henrike. „Wir konnten überhaupt nicht schlafen. Da war ein Heimchen, eine kleine Heuschrecke, in unserem Zimmer. Die hat die ganze Nacht einen solchen Lärm gemacht. Wir haben kaum ein Auge zugetan." Die Kinder fragten nach: „Warum habt ihr das Heimchen dann nicht aus dem Zimmer geworfen?" „Das wollten wir auch", entgegnete Onkel Gerald, „aber wir haben es jetzt erst gefunden. Wir haben das Tier in der Nacht nicht sehen können. Es hatte sich hinter dem Kühlschrank versteckt. Erst im Tageslicht konnten wir das sehen."

Freiheit

„Bald werden wir in Freiheit sein!", dachte der junge Löwe. „Das Hotel ist zwar okay und die Verpflegung erstklassig, aber Jäger wollen jagen. Und jagen können wir." Besonders hier, wo die Menschen immer ihre Jungtiere mitbrachten. Sie würden eine leichte Beute abgeben. Nicht nur, weil ihr scheckig buntes Fell völlig ungeeignet war zur Tarnung. Sie schienen keine Löwen zu kennen, denn sie zeigten weder Angst noch Fluchtverhalten. Sie suchten nie Deckung.

In den letzten Monaten hatte sich einiges geändert im Leben der beiden jungen Löwen. Ihre Mutter durften sie nicht mehr sehen. Dann wurden sie in einen engen, schaukelnden Raum gesperrt. Und dieser wurde nacheinander in mehrere andere Räume hineingetragen – von einem in den anderen. Irgendwann wurde es höllisch laut. Ein hohes Pfeifen, das nie endete. Der Tierarzt hatte beide immer wieder gestochen. Sie hatten fast die ganze Reise verschlafen. Sonst wäre sie die Hölle gewesen.

Sie waren in einer anderen Welt erwacht. Die Gerüche, die Geräusche, sogar die Menschen waren anders. Sie sahen anders aus. Kein Mensch trug die gleiche Fellfarbe wie die anderen. Nur grün war

ziemlich beliebt. Die Grünen waren die Hotelange-
stellten. Der Service war richtig gut. Aber, wie gesagt, sie wollten jagen. Es würde etwas schwierig
werden. Erstmal war beiden das Schwimmen sowieso zuwider. Und dann war noch die steile Böschung, die man überwinden müsste. Die Jungtiere
standen zwar direkt hinter der Böschung. Trotzdem
musste man diese schwierige Stelle schon vorher
erklettern. Bevor die Menschen ihre Jungtiere
brachten. Es würde eine Weile dauern. Sie würden
fliehen. Die beiden Löwen wollten aus dem Hinter-
halt angreifen. Wie sie es von der Mutter gelernt
hatten.

„Ich wäre fast ertrunken", dachte der Löwe, „und
die Kletterstelle war wirklich schwierig. Nur mein
Kumpel Ronny ist fast mühelos hochgekommen."
Sie warteten stundenlang auf der Lauer. Die bunten
Menschen brachten an diesem Tag keine Jungtiere.
Stattdessen rannten nur noch die grünen Angestell-
ten hin und her. Suchten Deckung. Sie erkannten ihr
Hotel kaum noch wieder. Als Ronny dann irgendetwas Spitzes in seinem Fell spürte, konnte er nicht
mehr weiter laufen. Er begann zu schlafen. Ausgerechnet an dieser Stelle! Ausgerechnet zu dieser
Zeit! Der junge Löwe war wütend über seinen Kum-
pel. Er sprang über das Gitter. In die Stadt.

„Das ist sie also, die Stadt", dachte der junge Löwe. „Die habe ich mir ganz anders vorgestellt." Die Geräusche, die aus der Stadt drangen, hatten sich verändert. Sie waren irgendwie unangenehmer. Dafür waren die normalen Geräusche fast ganz weg. Der junge Löwe befand sich inmitten von blauen Blitzen. Die Menschen waren weniger geworden. Sie trugen alle das gleiche dunkle Fell. In der Stadt taugte auch das nicht zur Tarnung. Die Menschen liefen zwar immer noch wie die Schnecken. Es waren aber schnelle Schnecken, und sie suchten Deckung. Das hatte er noch nie gesehen. Diese Menschen im dunklen Fell schienen Löwen zu kennen. Dann knallte es mehrmals. Der junge Löwe spürte einen Stich. An immer mehr Stellen seines Körpers spürte er einen stechenden Schmerz. „Das ist sie also", dachte er, „die Stadt." Dann starb er.

Danksagungen

Allen Verwandten, Freunden und Weggefährten, die die Ideen zu den Geschichten lieferten, möchte ich meinen aufrichtigen Dank aussprechen: Insbesondere Tante Marion (†) und Onkel Herbert (†), Oma (†), Opa (†), Tante Erika (†), Annegret, Hans-Friedrich, Tante Henrike und Onkel Gerald, meinen Sportkameraden Nadja und Torben sowie unzähligen anderen Beteiligten. Meinen Schülerinnen und Schülern danke ich für ihre Originalität, die mich immer wieder zum Schmunzeln bringt. Ich danke Kollege Berger für die gute Idee, Kurzgeschichten zu erfinden. Hildi, Jürgen und meinen Eltern sei gedankt für die kritischen und konstruktiven Hinweise zum Manuskript. Ferner danke ich dem Buchhändler meines Vertrauens für seinen guten Rat bei der Suche nach einem geeigneten Verlag für meine Texte.

FSC
www.fsc.org
MIX
Papier | Fördert
gute Waldnutzung
FSC® C083411

Zeitfracht Medien GmbH
Ferdinand-Jühlke-Straße 7
99095 Erfurt, Deutschland
produktsicherheit@kolibri360.de